AVERTISSEMENT

Conformément à la loi sur la protection des mineurs, ce livre est interdit aux moins de 18 ans. Aucun mineur n'a été utilisé comme modèle pour la création des personnages représentés. Portez des préservatifs en toutes circonstances !

Sekaiichi hatsukoi

Le cas de Ritsu Onodera

Sommaire

Postface

ISBN : 978-2-82031-797-1

ASUKA

LYRICAL★RIRIKO
COURS DE MANGA POUR LES OURS
Le cas de Ritsu Onodera
Sekaiichi hatsukoi
N°7

MINCE ...
J'ÉTAIS PERDU DANS MES PENSÉES ...
AH...
SAGA...
MOI QUI, POURTANT, AVAIS TOUJOURS BIEN FAIT ATTENTION À L'OBSERVER DE LOIN...

EUH... PARDON !
FWAP
COMMENT TU CONNAIS MON NOM ?
PRENDS-LE, JE T'EN PRIE !
...
BLUUUSH
ÇA FAISAIT TROIS ANS QUE J'AVAIS LES YEUX RIVÉS SUR LUI...
ET POUR CETTE QUATRIÈME ANNÉE...
JE M'ÉTAIS JURÉ...
DE CONTINUER À GARDER CE QUE J'ÉPROUVAIS POUR MOI.
POURTANT, AU MOMENT MÊME OÙ JE ME SUIS RETROUVÉ FACE À LUI, JE ME SUIS LITTÉRALEMENT DÉCOMPOSÉ SUR PLACE.
J'AI ESSAYÉ DE TOUTES MES FORCES DE CONTENIR MES SENTIMENTS, MAIS J'ÉTAIS SUR LE POINT D'EXPLOSER.
JE T'AIME...
JE T'AIME...
SAGA...
JE T'AIME...
JE T'AIME...

ARGH !
EUH…
C'EST QUE…
VOILÀ …
À CET ÉPOQUE, IL N'ÉTAIT QUE PURETÉ ET INNOCENCE.
ET DIX ANS PLUS TARD…

VOICI RITSU ONODERA (25 ANS).
UN ADULTE RENFROGNÉ.
QUOI ?

SARL
ÉDITIONS MARUKAWA
COMMENT ÇA, LE DÉPARTEMENT SHÔJO ?!
CLAC
MAIS ÇA VA PAS DU TOUT, ÇA !
CE SUJET AVAIT ÉTÉ ABORDÉ LORS DE MON ENTRETIEN D'EMBAUCHE...
J'AVAIS DEMANDÉ À ÊTRE DANS LA DIVISION LITTÉRATURE ! J'AI TOUJOURS TRAVAILLÉ DANS LE ROMAN !
JE N'Y SUIS POUR RIEN, VOYEZ-VOUS... C'EST LE DIRECTEUR DES RESSOURCES HUMAINES QUI S'OCCUPE DE CE GENRE DE CHOSES...
VOUS POURRIEZ VÉRIFIER AUPRÈS DE LUI UNE DERNIÈRE FOIS, S'IL VOUS PLAÎT ?
JE VEUX BIEN, MAIS ÇA NE CHANGERA RIEN... C'EST ÉCRIT NOIR SUR BLANC.
MAIS ...
"MONSIEUR ONODERA, QUI NOUS REJOINT EN COURS D'ANNÉE, EST AFFECTÉ AU DÉPARTEMENT SHÔJO DES ÉDITIONS MARUKAWA".
C'EST TRÈS CLAIR !
...
Suivez-moi !
JE VAIS VOUS FAIRE VISITER LA RÉDACTION.

QUELLE GALÈRE !
JE NAGE EN PLEIN CAUCHEMAR ! J'AVAIS CHANGÉ DE BOÎTE JUSTEMENT POUR CONTINUER À M'OCCUPER DE LITTÉRATURE !
QU'EST-CE QUE J'IRAIS FOUTRE AU DÉPARTEMENT MANGA, MOI ? J'EN LIS JAMAIS, DES MANGAS ! ET ENCORE MOINS DES SHÔJO !
D'AILLEURS...
RELÉGUER UN HOMME AU MANGA POUR FILLES, C'EST UNE FAÇON DE LE METTRE AU PLACARD, C'EST ÇA ?
MAIS PAS DU TOUT !
C'EST VRAI QU'AUPARAVANT, CE N'ÉTAIT PAS LE SECTEUR LE PLUS PORTEUR DE L'ENTREPRISE, MAIS DEPUIS L'ARRIVÉE DU NOUVEAU RÉDACTEUR EN CHEF, C'EST LA CATÉGORIE QUI SE VEND LE MIEUX DE TOUTE NOTRE MAISON D'ÉDITION !
IL A MÊME ÉTÉ ÉLU EMPLOYÉ DE L'ANNÉE !
PFF...

EN PLUS, IL N'Y A QUE DES BEAUX GARÇONS, À LA RÉDACTION ! ♡
J'AI PRESQUE ENVIE DE POSER MA DÉMISSION TOUT DE SUITE.
ILS ONT BEAUCOUP DE SUCCÈS AUPRÈS DU PERSONNEL FÉMININ, D'AILLEURS.
À LA FIN DE CHAQUE CYCLE, UN NUAGE DE PHÉROMONES FLOTTE DANS LE BUREAU, C'EST IRRÉSISTIBLE !
Enfin, vous comprendrez quand vous verrez. ♡
CE SONT TOUS DES HOMMES ?
Le cauchemar continue...
EH OUI !
Quel cycle ?
MAIS CONCRÈTEMENT, CE N'EST PAS FAISABLE.
JE VAIS TENTER LE COUP PENDANT DEUX SEMAINES. PASSÉ CE DÉLAI, JE TROUVERAI BIEN UN PRÉTEXTE POUR ME BARRER.
BONJOUR, JE VOUS AMÈNE UNE NOUVELLE RECRUE !
BLA
BLA
AH, C'EST POUR L'EMERALD ? PAR ICI, S'IL VOUS PLAÎT.
BLA
TANT QUE J'Y SUIS, JE VAIS EN PROFITER POUR VOIR COMMENT TRAVAILLE CE RÉDACTEUR EN CHEF "EXCEPTIONNEL".
Ça me sera toujours utile pour plus tard...
REDRESSER TOUT UN DÉPARTEMENT EN L'ESPACE D'UNE ANNÉE, ÇA RELÈVE DE L'EXPLOIT.
IL A CERTAINEMENT MIS EN PLACE UN PLAN VISANT À ÉTUDIER MINUTIEUSEMENT LES TENDANCES DU MARCHÉ.
BON-JOUR...
JE M'APPELLE RITSU ONODERA ET À PARTIR D'AUJOURD'HUI, JE FERAI PARTIE DE VOTRE SERV...
OUI...
CE DOIT ÊTRE QUELQU'UN DE TRÈS ORGANISÉ...

TRÈS ORGANISÉ...
タルラー
DWOOOOM
GLOUPS
...
PAR-DON...
TOUTES MES EXCUSES, JE CROIS QUE JE ME SUIS TROMPÉE DANS LE CYCLE !!

BON COURAGE !
À plus tard !
TAP TAP
HEIN ? MAIS...
ATTENDEZ !
TAP
OUI, OUI...
C'EST BIEN ICI, LA RÉDACTION DE L'EMERALD ?
Mais...
ON N'EN FAIT PAS PARTIE, NOUS !
TAP TAP
ILS M'ÉVITENT ...
PAR "CYCLE", ELLE FAISAIT RÉFÉRENCE À UN CYCLE ODORANT ?
PARCE QUE LÀ, J'AVOUE QUE ÇA REFOULE AUTANT QUE DANS UN VESTIAIRE DE SPORT...
FSHH
EUH ...
EXCUSEZ-MOI...
JE M'APPELLE RITSU ONODERA...
HÉ !
FRSH
PLAF
HIIII !
QUOI ?
FLOP
EUH...
EH BIEN...
Décidément, je ne suis pas au bout de mes surprises...
Je...
J'INTÈGRE L'ÉQUIPE À PARTIR D'AUJOURD'HUI, ET...
AH OUI... C'EST VRAI...
TAKANO ! LE NOUVEAU EST ARRIVÉ !
TAKANO !
TAKANO, T'ES RÉVEILLÉ ?

MONSIEUR LE RÉDACTEUR EN CHEF !
OUAIS, C'EST BON !
BLAM
JE T'AVAIS ENTENDU LA PREMIÈRE FOIS !
HEIN ?

C'EST LUI, LE RÉDAC CHEF ?
FSHH
...
CETTE CHOSE ?
TRÈS ORGANISÉ
...
T'ES QUI ?
UN TEMPS PARTIEL ?
GRR
NON, LE NOUVEL EMPLOYÉ.
J'ai un contrat en bonne et due forme.
TON NOM ?
RITSU ONODERA.
AH OUAIS...
ON M'AVAIT PRÉVENU D'UN TRUC DANS LE GENRE...
FOUAH...
NON MAIS...
J'ESPÈRE QUE NOUS ALLONS FAIRE DU BON TRAVAIL ENSEMBLE.
C'EST MOI, LE "TRUC DANS LE GENRE" ?
Ouais, ouais...
J'AI PAS ASSISTÉ À TON ENTRETIEN, MAIS SI JE ME SOUVIENS BIEN, TU AS DÉJÀ TRAVAILLÉ DANS L'ÉDITION ?
OUI, PENDANT TROIS ANS AUX ÉDITIONS ONODERA.
ÇA COMMENCE MAL...
OUI.
C'EST TA PREMIÈRE EXPÉRIENCE DANS LE MANGA ?
POUR DU SHÔNEN ? DU SEINEN ?
EUH NON, EN FAIT, J'ÉTAIS SPÉCIALISÉ DANS LA LITTÉRATURE.
HEIN ? LA LITTÉRATURE ?
JE N'AIME PAS SON TON DÉSOBLIGEANT ET SA FAÇON DE JUGER LES GENS.
OUI.
MAIS...

...
GRTT
SUPER, UN BOULET, QUOI...
CE TYPE...
GWOOOO
EST...
TAP TAP
UN CAUCHEMAR AMBULANT...
TAKANO ! C'EST SATÔ, POUR LES PAGES DE REMPLACEMENT.
OK.
ELLE EST DANS LE HALL.
SUIS-MOI, LE BLEU.
HEIN ?
JE VAIS T'APPRENDRE LE MÉTIER...

CE SONT DES PAGES DE REMPLACEMENT POUR LE NUMÉRO DE CE MOIS-CI ?
OUAIS.
ET LA SORTIE EST PRÉVUE POUR QUAND ?
DANS SEPT JOURS !
IL DOIT ÊTRE EN RAYON DANS UNE SEMAINE ?!
MAIS QUAND EST-CE QUE VOUS AVEZ COMMANDÉ CES PAGES DE REMPLACEMENT, ALORS ?!
IL Y A TROIS JOURS !
QUE SONT DES PAGES DE REMPLACEMENT ? EH BIEN, QUAND UN AUTEUR NE PARVIENT PAS À FINALISER ET À RENDRE SES PLANCHES À TEMPS, L'ÉDITEUR PRÉVOIT D'AUTRES MANGAS POUR COMBLER LE VIDE LAISSÉ. TOUT ÇA C'EST LA FAUTE DES MANGAKAS EN RETARD !
IL EST SÉRIEUX ?!
Euh...
VOUS N'AVEZ PAS UN STOCK DE PLANCHES POUR CE GENRE DE CAS ?
Que des débutants vous auraient envoyées...
SI, DES CAMIONS ENTIERS ! MAIS RIEN D'EXPLOITABLE.
EN MÊME TEMPS, DANS L'URGENCE, IL FAUT BIEN FAIRE DES CONCESSIONS...
ÉDITEURS OU AUTEURS...
TOUS CEUX QUI PENSENT QUE LES PAGES DE REMPLACEMENT SONT UNIQUEMENT LÀ POUR BOUCHER LES TROUS...
SONT DES ABRUTIS FINIS !

DANS UN TROU, ON PEUT TROUVER UN DIAMANT BRUT QU'IL SUFFIT DE POLIR POUR LE FAIRE BRILLER.
C'EST L'ÉVIDENCE MÊME !
C'EST UN PEU UTOPIQUE, COMME DISCOURS.
JE VOUS EN PRIE... J'AVAIS DU TEMPS, DE TOUTE FAÇON...
VOUS AVEZ APPORTÉ VOTRE MATÉRIEL DE DESSIN ?
EUH... OUI...
Comme vous me l'avez demandé...
TOC
...
...
OUI...
ÇA SE TIENT, MAIS...
TOC
MERCI POUR VOTRE TRAVAIL.
DÉSOLÉ DE VOUS AVOIR OBLIGÉ À TOUT FINIR EN L'ESPACE DE TROIS JOURS.
DANS CETTE SCÈNE, JE TROUVE QUE LE BAISER N'EST PAS ASSEZ CONVAINCANT. VOUS POURRIEZ LE RENDRE PLUS THÉÂTRAL ?
QUOI ?

IL VEUT LUI FAIRE REDESSINER EN DIRECT ?!
MAIS ÇA VA FAIRE ATTENDRE L'IMPRIMEUR !
EUH… COMME CECI ?
NON, PLUTÔT SOUS CET ANGLE-LÀ…
NON, NON, PAS COMME ÇA !
VOUS AVEZ DÉJÀ EMBRASSÉ QUELQU'UN, NON ?
MAIS QU'EST-CE QU'IL RACONTE ?!
C'EST DU HARCÈLEMENT SEXUEL !!
BLUUSH
DITES !
ON ATTENDRA JUSQU'À CE QUE CE SOIT ENCORE MIEUX.
ON NE POURRAIT PAS TOUT LAISSER TEL QUEL ?
JE TROUVE QUE C'EST DÉJÀ TRÈS BEAU COMME ÇA ET ON N'A PAS BEAUCOUP DE TEMPS…
ET TOI, LA BLEUSAILLE, TU LA BOUCLES.
LA BLEUSAILLE ?!!
C'EST JUSTE QUE DANS CE GENRE DE SCÈNE, ON EST PLUS SOUVENT ACTEUR QU'OBSERVATEUR …
C'EST PAS FAUX…
BIEN… DANS CE CAS, JE VAIS VOUS MONTRER UN EXEMPLE. REGARDEZ BIEN.
TAC

EUH ...
VOUS VOULEZ QUE J'AILLE CHERCHER DE LA DOCUMENTATION ?
DITES-MOI JUSTE SUR QUELLE ÉTAGÈRE...
TAC
SOUS CET ANGLE-LÀ, ON VOIT LE MENTON...
UN PEU EN CONTRE-PLONGÉE.
JE SUIS DÉSOLÉ, MAIS JE NE CONNAIS PAS ENCORE BIEN LE BUREAU...
DONNEZ-MOI LE TITRE DE L'OUVRAGE ET JE...
HEIN ?
MAIS ?

BAAAAAAAH !
HIII !
SCRITCH
SCRITCH
SCRITCH
FLAP
?!!
FUIT
FUIT
VOUS L'AVEZ DESSINÉ ?
BON, ALORS PASSEZ À L'ENCRAGE EN VITESSE !
QUE...
QUE...
?
QU'EST-CE QUE C'EST QUE CES MANIÈRES ?!
BEN QUOI ?

C'EST NOTRE "TRAVAIL" !
LE CAUCHEMAR CONTINUE...

J'AVAIS DIT DEUX SEMAINES...
MAIS JE NE SAIS PAS...
ÉPUISÉ
SI JE VAIS TENIR LE COUP.
J'AI APPRIS DEUX, TROIS TRUCS...
. La rédaction du magazine Emerald est un ramassis de détraqués. (les autres rédacs nous évitent.)
. Pour eux, le shôjo a l'air d'être une passion.
DE LA PASSION ?
CLAIREMENT ...
IL FAUT EN AVOIR, QUAND ON DONNE DE SA PERSONNE POUR SERVIR DE MODÈLE.
J'AURAIS JAMAIS IMAGINÉ ME FAIRE SAUTER DESSUS PAR MON BOSS DÈS LE PREMIER JOUR.
J'AI MAL AU VENTRE.
JE VOULAIS ÊTRE EN LITTÉRATURE.
JE VOULAIS JUSTE CONTRIBUER À LA CRÉATION D'UN BOUQUIN QUI AURAIT MARQUÉ TOUTE UNE GÉNÉRATION DE LECTEURS.

J'AI TOUJOURS ADORÉ LES LIVRES, SANS DOUTE PARCE QUE MON PÈRE EST À LA TÊTE D'UNE MAISON D'ÉDITION.
LE LIVRE À NE PAS LIRE
C'EST DONC TOUT NATURELLEMENT QUE J'AI INTÉGRÉ L'ENTREPRISE FAMILIALE, UNE FOIS ADULTE.
DÈS MON ARRIVÉE, J'AI DÛ M'OCCUPER DE BEAUCOUP D'AUTEURS. LA PRESSION ÉTAIT GRANDE, MAIS J'ÉTAIS RAVI.
ÇA PREND DU TEMPS, POUR SORTIR UNE BELLE ÉDITION AVEC UNE COUVERTURE CARTONNÉE.
J'ENCHAÎNAIS LES RÉUNIONS AVEC LES ÉCRIVAINS...
LES RENDEZ-VOUS AVEC LES DESIGNERS...
QUELLE ILLUSTRATION CHOISIR ?
QUE METTRE SUR LE BANDEAU PUBLICITAIRE ? FAUT-IL AJOUTER UN SIGNET ? QUELLE COULEUR POUR L'ENSEMBLE ?
VOIR ENSUITE SUR LES ÉTALAGES CES LIVRES QUE J'AVAIS CONÇUS DU DÉBUT À LA FIN...
CLASSEMENT DU MOIS
(SECTION LITTÉRATURE)
1re place : Akihiko Usami
2e place :
3e place :
NUMÉRO 1 !!
ÉTAIT POUR MOI LA PLUS BELLE DES RÉCOMPENSES.
HÉLAS...
BIP
C'EST ENCORE UN BOUQUIN D'ONODERA QUI EST PREMIER, CE MOIS-CI.
QUOI ? ENCORE ?!

BEN OUAIS, FAUT DIRE...
C'EST FACILE, DE CARTONNER, QUAND ON EST PISTONNÉ.
TU L'AS DIT ! T'AS VU TOUS LES BONS AUTEURS QU'IL SE PAYE, ALORS QUE C'EST UN NOUVEAU VENU ?
MOI, ÇA FAIT DES ANNÉES QUE JE ME DONNE DU MAL, ET ON NE ME REFILE QUE DES SCRIBOUILLARDS DE SECONDE ZONE ! C'EST INJUSTE !
C'EST NORMAL DE FAIRE DE BONNES VENTES AVEC DES AUTEURS TALENTUEUX.
QU'EST-CE QU'IL S'IMAGINE, CE BON À RIEN ? TOUT CE QU'IL SAIT FAIRE, C'EST REMETTRE DES MANUSCRITS... JE VOIS PAS D'OÙ VIENT SA RÉPUTATION !
ÇA ME DÉGOÛTE...
JAMAIS UNE SEULE SECONDE...
JE N'AVAIS PENSÉ À PROFITER DE LA POSITION DE MON PÈRE POUR OBTENIR DES AVANTAGES.
J'AI TOUJOURS FAIT DES EFFORTS POUR M'EN SORTIR TOUT SEUL.
...
PLIC
JE NE SAIS PAS SI LA PERSONNE QUE J'ÉTAIS DANS MA JEUNESSE SE SERAIT REMISE D'UN TEL CHOC....
MAIS...
MAIS À CE MOMENT-LÀ, J'AVAIS DÉJÀ CHANGÉ.
PLIC
PLOC
PLIC

SI C'EST COMME ÇA, JE VAIS QUITTER CETTE BOÎTE POURRIE ET ALLER SORTIR DES BEST-SELLERS POUR LA CONCURRENCE !
PLIC
PLIC
PLIC
PLIC
PLIC
PLIC
J'ÉTAIS JUSTE UN POIL VÉNÈRE.
...
J'ADMETS AVOIR UN CARACTÈRE TORDU...
BIEN QUE JE NE SOIS PAS DEVENU COMME ÇA PAR PLAISIR...

"JE T'AIME...
SAGA...
JE T'AIME DEPUIS DES ANNÉES."
DEPUIS CE JOUR...
JE SUIS DEVENU UN PESSIMISTE INVÉTÉRÉ : DANS UNE SITUATION DONNÉE, IL FAUT TOUJOURS QUE JE M'IMAGINE LE PIRE.
MAIS J'Y TROUVE MON COMPTE.
ÇA ME PERMET DE NE PAS ÊTRE TROP BLESSÉ...
CHAQUE FOIS QUE LA VIE ME JOUE UN MAUVAIS TOUR.

AAAH !
ÇA VA PAS DU TOUT !
POURQUOI JE REPENSE À CE TYPE DONT J'AI TOUT OUBLIÉ, JUSQU'AU VISAGE !
BON, IL FAUT QUE JE RÉFLÉCHISSE À UN MOYEN DE QUITTER LES ÉDITIONS MARUKAWA SANS QUE ÇA ME PORTE PRÉJUDICE POUR LA SUITE DE MA CARRIÈRE.
HÉ !
OUI ?!
...
VOUS AVEZ ENVOYÉ LA MAQUETTE À L'IMPRIMEUR ?
ET VOILÀ...
PAS MÊME UNE EXCUSE POUR L'AGRESSION DE TOUT À L'HEURE.
OUI, ÇA Y EST, LE NUMÉRO DE CE MOIS-CI EST BOUCLÉ.
AU FAIT, JE ME SUIS RENSEIGNÉ AUPRÈS DE MES SUPÉRIEURS.
TU ES LE FILS DE L'ILLUSTRE DIRECTEUR DES ÉDITIONS ONODERA, HEIN ?
!
JE N'AI PLUS AUCUN LIEN AVEC L'ENTREPRISE DE MON PÈRE.
TU VOULAIS BOSSER EN LITTÉRATURE ET TU TE RETROUVES DANS LA SECTION SHÔJO. DÉÇU ?
BOM BOM

OUAIS, LE MOT EST FAIBLE !
CE N'EST PAS ÇA, MAIS...
COMMENT DIRE ?
LES SHÔJO TRAITENT LE PLUS SOUVENT D'HISTOIRES D'AMOUR...
EN FAIT, JE N'EN AI PAS UNE TRÈS BONNE IMAGE...
ET C'EST LOIN D'ÊTRE MA SPÉCIALITÉ.
PARCE QUE LA ROMANCE ET MOI, ÇA FAIT DEUX.
SI T'ES PAS MOTIVÉ, DÉMISSIONNE TOUT DE SUITE. J'AI PAS ENVIE QUE TU TRAÎNES DANS MES PATTES.
GRR
BEN...
TU PENSES QUE BEAUCOUP DE GENS FONT UN TRAVAIL QUI LES PASSIONNE, TOI ?
TOUT LE MONDE COMMENCE PAR ÊTRE DÉBUTANT.
TA CARRIÈRE DANS LA LITTÉRATURE T'A DÉJÀ APPRIS LES BASES.
TIENS ?
EST-CE QU'IL SERAIT EN TRAIN...
DE M'ENCOURAGER ?
ENFIN...

UN BON À RIEN RESTERA TOUJOURS UN BON À RIEN.
PFFFF...
JE VAIS LE TUER...
LES AUTRES SONT DÉJÀ RENTRÉS CHEZ EUX. TU PEUX Y ALLER, LE BLEU.
CRR
CRR
J'AI UN NOM, JE M'APPELLE ONODERA.
AU FAIT...
OUI ?
ON SE SERAIT PAS DÉJÀ RENCONTRÉS QUELQUE PART ?
?
AUCUNE IDÉE...

...
C'EST UN VRAI DÉPOTOIR, CETTE PIÈCE...
LYRICAL RIRIKO
VESTIGES D'UNE RÉDACTION OUBLIÉE
Les bureaux, c'est pareil...
SI JE M'AVOUE VAINCU, JE REVIVRAI EXACTEMENT LA MÊME CHOSE QU'AVANT.
CATALO
ÉDITIONS MARUKAWA 1960-1970
FLAP
SI APRÈS AVOIR FAIT TOUT MON POSSIBLE, IL ME CONSIDÈRE ENCORE COMME UN BON À RIEN, JE N'AURAI À M'EN PRENDRE QU'À MOI-MÊME.
MAIS ...
ME FAIRE DÉPRÉCIER ALORS QUE JE N'AI PAS ENCORE MONTRÉ CE QUE JE SAIS FAIRE...
C'EST INTOLÉRABLE !

JE VEUX LUI FAIRE...
RÉVISER SON JUGEMENT.
VOUS PARTEZ ?
OUI, J'AI UNE RÉUNION.
À plus tard...
...
Bonjour !
Salut !

PFF, JE TOMBE DE SOMMEIL...
J'AI PASSÉ LA NUIT À LIRE UNE CENTAINE DE SHÔJO...
ET RIEN QU'À L'IDÉE DE PASSER UNE JOURNÉE DE PLUS DANS CETTE PORCHERIE, J'EN AI DES CRAMPES D'ESTOMAC...
BONJOUR ...
CRI
BIEN LE BONJOUR, ONODERA !

DÉSOLÉ, JE CROIS QUE JE ME SUIS TROMPÉ DE BUREAU.
JE CHERCHE LA RÉDACTION DE L'*EMERALD*...
GRIP
HA HA HA ! QU'EST-CE QUE TU RACONTES ? TU ES AU BON ENDROIT !
DU ROSE
CONTE DE FÉES
KAWAII
DU ROSE
ENCORE DU ROSE
DU ROSE
DU ROSE PAR ICI
DU ROSE PAR LÀ
DU ROSE PARTOUT
DU ROSE
EN VEUX-TU ?
EN VOILÀ !
CHAMPÊTRE
PARDON DE T'AVOIR UN PEU NÉGLIGÉ, HIER.
COMMENT FORMER LES NOUVEAUX
MAINTENANT QU'ON A PASSÉ LA REMISE DE LA DERNIÈRE CHANCE, ÇA VA MIEUX !
SOURIANTS ET GUILLERETS
★ QU'EST-CE DONC QUE LA REMISE DE LA DERNIÈRE CHANCE ? ★
EH BIEN, QUAND CERTAINES PLANCHES NE SONT TOUJOURS PAS FINIES À LA FIN DU DÉLAI ACCORDÉ À L'AUTEUR, IL EST NÉCESSAIRE DE NÉGOCIER UNE AUTRE DATE DE BOUCLAGE AUPRÈS DE L'IMPRIMEUR. SEULS LES MAUVAIS MANGAKAS S'EN RENDENT COUPABLES, BIEN ENTENDU...

IL PARAÎT QUE C'EST TON PREMIER BOULOT DANS LE MANGA !
MAIS NE T'INQUIÈTE PAS, ON VA TOUT T'APPRENDRE !
SOURIANTS ET GUILLERETS
...
VOUS M'EXCUSEZ UNE PETITE SECONDE ? JE VAIS AUX TOILETTES...
FUIT
GRIP
HIII !
LÂCHEZ-MOI, JE NE SUIS PAS DE LA RÉDAC DE L'EMERALD !!
VLAN
W.C
JE SAIS !
JE VOUDRAIS JUSTE UNE EXPLICATION... J'AI POURTANT UNE BONNE VUE, MAIS LÀ, JE N'EN CROIS PAS MES YEUX...
C'EST-À-DIRE ?
HIER, CE BUREAU ÉTAIT UN VÉRITABLE CAPHARNAÜM ET CE MATIN, IL EST TOUT BIEN RANGÉ !
D'AUTRE PART, LES ZOMBIES QUI L'OCCUPAIENT SE SONT TRANSFORMÉS EN JEUNES HOMMES FRAIS ET PIMPANTS !
MAIS LA VRAIE QUESTION QUE JE ME POSE, C'EST : POURQUOI LA RÉDACTION A ÉTÉ ENGLOUTIE PAR UN RAZ-DE-MARÉE ROSE BONBON ?!
AH, ÇA ? C'EST À CAUSE DU CYCLE...

ENCORE CETTE HISTOIRE DE CYCLE ?
QU'EST-CE QUE C'EST, À LA FIN ?
On m'en a aussi parlé hier.
TU VOIS LES RADIS ? ON DIT QU'IL FAUT ATTENDRE VINGT JOURS AVANT QU'ILS SOIENT BONS À RÉCOLTER.
EUX, C'EST PAREIL.
HEIN ?
ILS ÉLABORENT LEUR REVUE SELON UN CYCLE DE VINGT JOURS.
ENFIN, ÇA RESSEMBLE À ÇA...
UN MOIS À LA RÉDAC
Tout va bien !
VÉRIF. SCÉNARIO
GRAINE
Ça va encore !
VÉRIF. STORY-BOARD
PLANTULE
Ça commence à aller moins bien
VÉRIF. BROUILLON
JEUNE POUSSE
On rentre plus chez nous
RÉCEPTION PLANCHES
ÇA POUSSE
On se lave même plus
1 PLANCHES À L'HEURE
2 PLANCHES EN RETARD
3 PLANCHES MÉGA EN RETARD
ÇA POUSSE
On dort même plus
VÉRIF. DES "BLEUS"
ÇA POUSSE ENCORE
Décès précoce
BOUCLAGE
CROISSANCE TOTALE
ET REBELOTE
ENSUITE, QUAND TOUT EST TERMINÉ ...
ILS RENAISSENT DE LEURS CENDRES.
PING
PING
Dispos et prêts à en découdre.
FLASHHH
RÉCOLTE
...
ET POUR LE ROSE ?
À ROME, IL FAUT FAIRE COMME LES ROMAINS.
M. TAKANO A IMPOSÉ UNE AMBIANCE GIRLY POUR ÊTRE EN PHASE AVEC LES ATTENTES DES JEUNES FILLES.
Il faut se mettre dans la peau du consommateur, qu'il dit.

ET COMME LES RÉSULTATS SONT AU RENDEZ-VOUS, C'EST QU'IL DOIT AVOIR RAISON.
D'A...
D'AILLEURS, C'EST À L'ORIGINE DE PAS MAL DE LÉGENDES...
HA... Ha ha... HA... ha...
DE LÉGENDES ? COMMENT ÇA ?
ON VOUS SURNOMME "LE CLUB DES JEUNES FILLES" !
NON, NE M'OBLIGEZ PAS À VOUS LES RACONTER !
GLOUPS
GLOUPS
EN TOUT CAS, JE VOUS SOUHAITE BON COURAGE...
PARCE QU'AU SEIN DES AUTRES DÉPARTEMENTS...
BIENVENUE AU CLUB DES JEUNES FILLES ?!
OURQUOI ?
J'AI BIEN COMPRIS...
DÉCIDÉMENT...
POUR LES TEXTES, ON UTILISE DES FEUILLES DE PHOTOCOMPOSITION...
ON LES ENDUIT DE COLLE SPÉCIALE, PUIS ON LES DÉCOUPE AU CUTTER ET ON DÉPOSE LES DIALOGUES À LEUR PLACE, DANS LES BULLES.
TIC
LUI...
SI LE TEXTE SE SUPERPOSE AU DESSIN, IL FAUT UTILISER DU PAPIER CALQUE.
JE NE SAIS PAS CE QUI ME RETIENT DE ME BARRER TOUT DE SUITE...

DE NOS JOURS, ON PEUT AUSSI INCRUSTER LES TEXTES PAR ORDINATEUR MAIS ICI, ON PRÉFÈRE LA MÉTHODE TRADITIONNELLE.
FAIS BIEN ATTENTION À NE PAS LE COLLER DE TRAVERS.
D'ACCORD.
TIC
TIC
COLLE
"QUAND LE TEXTE VACILLE, C'EST QUE TON CŒUR VACILLE."
TU PEUX PARLER, KISA. TU EN AS COLLÉ DE TRAVIOLE, L'AUTRE JOUR.
NON, T'ES SÉRIEUX ?!
OÙ ÇA ?
DANS LE NUMÉRO DE CE MOIS-CI, PAGE 12, CASE 3, LES TEXTES DE LA PREMIÈRE BULLE SONT DÉCALÉS D'UN MILLIMÈTRE VERS LA DROITE.
POURQUOI TU NE ME L'AS PAS DIT PLUS TÔT ?!
...
UN PROBLÈME ?
NON, JE ME DEMANDAIS SI CET AUTEUR AVAIT ÉTÉ À COURS DE TEMPS...
POURQUOI ÇA ?
PARCE QUE CETTE DOUBLE PAGE EST BIEN BLANCHE...
ET DANS CETTE CASE, IL N'Y A QUE DES TRAMES ET DES DIALOGUES.
MAIS EN FAIT...
J'AI L'IMPRESSION...
JE...

QU'ELLE NE S'EST PAS FOULÉE ...
VSHH
SOMBRE CRÉTIN !
VLAK
PLAÎT-IL ?!
IGNORANT ! BÉOTIEN !
C'EST UNE CASE SENTIMENTALE ! PRIMORDIALE DANS LES MANGAS POUR JEUNES FILLES !
SENTI-MENTALE ?
REGARDE MIEUX !
JUSQU'À CE MOMENT PRÉCIS, L'HÉROÏNE N'AVAIT PAS OSÉ AVOUER SES SENTIMENTS À CELUI QU'ELLE AIME.
AU FOND DE MOI ...
COMME L'HISTOIRE EST NARRÉE À LA PREMIÈRE PERSONNE, IL EST TRÈS FACILE POUR LA LECTRICE DE S'IDENTIFIER À ELLE.
JE SAIS QUE JE L'...

C'EST POURQUOI IL EST CAPITAL DE FAIRE UN PEU TRAÎNER LA SCÈNE POUR INDUIRE UN SENTIMENT D'ATTENTE.
BO BOM
POURQUOI ?
NON...
POURQUOI MON CŒUR BAT AUSSI FORT ?
YAMA-MOTO...
QU'EST-CE QUE JE VAIS FAIRE ?
PAR EXEMPLE, POUR FAIRE MONTER LA PRESSION, ON VA METTRE CE TEXTE-LÀ EN GROS CARACTÈRES.
AU FOND DE MOI...
JE SAIS QUE JE L'...
ET UNE FOIS QUE LA LECTRICE MEURT D'ENVIE DE SAVOIR LA SUITE...
D'UN COUP...
JE L'AIME !
ON LÂCHE LA FAMEUSE RÉPLIQUE !
TU COMPRENDS CE SENTIMENT ?!
WAAAH !
ABSOLUMENT PAS.

Enfin...
J'AI QUAND MÊME SAISI L'IDÉE GÉNÉRALE.
MAIS POURQUOI DANS CE GENRE DE SCÈNE LES DÉCORS DISPARAISSENT, LES TRAMES SE MULTIPLIENT, LES CHEVEUX ET LES VÊTEMENTS SE METTENT À FLOTTER ALORS QU'IL N'Y A PAS LE MOINDRE SOUFFLE DE VENT, ET ÇA SCINTILLE DANS TOUS LES SENS ?
En plus, la fille était brune et tout à coup, ses cheveux sont plus clairs... Va comprendre...
ÇA ME DÉPASSE ...
OK, CE N'EST QU'UNE FICTION, MAIS QUAND MÊME... L'HÉROÏNE NE PEUT PAS ÊTRE HEUREUSE SI FACILEMENT.
En même temps, c'est un manga...
C'EST PARCE QUE JE N'AI JAMAIS EU DE VRAIE HISTOIRE D'AMOUR...
QUE JE M'IMAGINE LA RÉALITÉ DE FAÇON BEAUCOUP PLUS CRUELLE ?
...
IL FUT UN TEMPS OÙ, MOI AUSSI, JE PENSAIS QUE JE SERAIS RÉCOMPENSÉ SI JE FOURNISSAIS DES EFFORTS POUR ATTIRER L'ATTENTION DE L'ÊTRE AIMÉ...
ENSUITE, JE ME SUIS RENDU COMPTE QUE TOUT N'ÉTAIT QUE FARCE ET ILLUSIONS... JE NE SAIS PAS SI ÇA M'A RENDU PLUS MALHEUREUX...
EN TOUT CAS, SI C'EST ÇA, DEVENIR ADULTE...
JE DOIS DIRE QU'AU FINAL, C'EST PLUTÔT BARBANT...
Bref...
NON PAS QUE J'AIE ENVIE DE M'ENGLUER DANS LES PENSÉES NÉGATIVES...
J'ESSAYE JUSTE D'ALLER DE L'AVANT ...
FRSHH
?!

DÉCIDÉMENT, JE SUIS SÛR DE T'AVOIR DÉJÀ VU QUELQUE PART.
Tu as changé de coupe de cheveux, peut-être ?
MAIS J'ARRIVE PAS À ME SOUVENIR OÙ.
D'OÙ IL OSE ME TOUCHER, LUI ?
ON HABITE DANS LA MÊME VILLE, ON S'EST PEUT-ÊTRE CROISÉS UN JOUR.
Ou chez un imprimeur, qui sait ?
OUAIS ...
TU DOIS AVOIR RAISON.
MAIS RIRI, QU'EST-CE QUE TU FABRIQUES AVEC LE CATALOGUE DE TOUS NOS MANGAS ?
Riri ?
EH BIEN, C'EST LA PREMIÈRE FOIS QUE JE TRAVAILLE DANS LA BANDE DESSINÉE, ALORS J'ESSAYE D'APPRENDRE PAR CŒUR TOUS LES TITRES QU'ON SORT...
POUR DE VRAI ?!
MAIS IL DOIT Y EN AVOIR UN BON MILLIER, EN TOUT !
JE NE VEUX PAS ME CONTENTER DE CONNAÎTRE TOUS LES TITRES, J'AIMERAIS LIRE AUSSI L'ENSEMBLE DU CATALOGUE.
C'EST COMPLÈTEMENT INFAISABLE !
OH, VOUS SAVEZ...

QUAND J'ÉTAIS AU LYCÉE, J'AVAIS DÉVORÉ TOUS LES LIVRES DE LA BIBLIOTHÈQUE.
...
!!!
?
QU'Y A-T-IL ?

...
RIEN...
C'EST QUOI, SON PROBLÈME ?
JE SUIS SÛR QU'IL TROUVE ÇA NORMAL DE BOSSER À FOND LE CATALOGUE...
En tout cas, moi... je ne trouve pas ça exceptionnel.
J'AI BEAU TRAVAILLER DANS LE MANGA, JE N'EN AI JAMAIS LU UN SEUL. ÇA CRAINT...
JE SAIS BIEN QUE CE NE SONT PAS MES EFFORTS QUI COMBLERONT MON MANQUE DE SENSIBILITÉ.
MAIS...
Tic
Tic
C'EST TOUJOURS MIEUX QUE DE RESTER À FAIRE LA GUEULE SANS AGIR.
COLLE À PAPIER
Au revoir !
À demain !
JE N'AI PAS ENVIE DE PASSER POUR UN BOULET INDÉFINIMENT.

SURTOUT PAS À SES YEUX.
QUOI ?
VOUS N'AVEZ TOUJOURS PAS TERMINÉ ? C'EST UNE BLAGUE ?
HIER, VOUS M'AVIEZ PROMIS LES PLANCHES POUR "DEMAIN À LA PREMIÈRE HEURE" !
ET QUAND EST-CE QUE VOUS AUREZ FINI ?
COMMENT ÇA, VOUS NE SAVEZ PAS ?! VOUS VOUS FICHEZ DE MOI ?!
VOUS VOUS RENDEZ COMPTE QUE J'AI DÛ BATAILLER AVEC L'IMPRIMEUR POUR REPOUSSER LA DATE DE RENDU À AUJOURD'HUI ?!
...
JE COMMENCE...
À UN PEU MIEUX CERNER...
MARUKAWA

CETTE NOTION DE "CYCLE" ...
DWOOOM
RAMÈNE-TOI, ONODERA. ON VA CHEZ CETTE LIMACE D'AUTEUR.
MAINTENANT ?
ON VA COLLER LES TEXTES DIRECTEMENT SUR PLACE ET LUI FAIRE CRACHER SES DOUZE DERNIÈRES PAGES.
PRENDS TON CUTTER, AVEC TOI. TU RISQUES DE DEVOIR APPLIQUER DES TRAMES, AUSSI.
HEIN ?! MAIS JE N'Y CONNAIS RIEN, MOI !
J'EN SUIS CONSCIENT, MAIS IL N'Y A PLUS QUE TOI DE VALIDE !
JE COMPTE SUR TOI !
BIP BIP BIP
ALLÔ ? ICI MONSIEUR-TAKANO, DES ÉDITIONS MARUKAWA.
OUI, JE VOUS REMERCIE...
POURQUOI IL A BESOIN DE SE RENDRE SUR PLACE ?

C'EST LA MÊME AMBIANCE, ICI AUSSI...
DOOOOOM
J'AI L'IMPRESSION...
QUE DANS LE MILIEU DU MANGA, TOUS LES EMPLOYÉS SONT PLUS MORTS QUE VIFS...
Ces filles sont à l'agonie...
SNIF
TA...
TAKANO...
TAP TAP TAP TAP TAP
AH, VOUS PLEUREZ, HEIN ? EH BEN SI VOUS VOUS SENTEZ COUPABLE, LA PROCHAINE FOIS VOUS RESPECTEREZ LES DÉLAIS !!
MAIS ILS ÉTAIENT IMPOSSIBLES À TENIR !
C'EST QU'ELLE SE REBELLE, EN PLUS ! VOUS VOULEZ QUE JE VOUS TORDE LE COU ?!
PLAF

* TEMPLE BOUDDHIQUE DE KYÔTO, NDT.

IL RESTE COMBIEN DE PAGES À ENCRER ?
CINQ…
NON, C'EST UNE BLAGUE ?! MAGNEZ-VOUS LE TRAIN !
C'EST BON, PAS LA PEINE DE ME SERINER !
ELLE A L'AIR D'AVOIR PASSÉ UNE NUIT BLANCHE À PLANCHER.
ELLE TREMBLE DE PARTOUT.
COMMENT TROUVEZ-VOUS MON CHAPITRE ?
HEIN ?
JE PEUX ENCORE L'ARRANGER.
JE MANQUE DE RECUL, LÀ. JE NE SAIS PLUS SI C'EST INTÉRESSANT OU PAS.
ET VOILÀ…
ELLE EST ENCORE PLUS ANGOISSÉE.
IL FAUT ABSOLUMENT QU'ELLE REPRENNE SON SANG-FROID.
COMME SI C'ÉTAIT LE MOMENT DE CHANGER QUOI QUE CE SOIT…
ABRUTIE !
EH OH !
IL FAUDRAIT LA RASSURER.
TAKANO, JE…
JE VEUX L'AMÉLIORER !
NON, FINISSEZ-EN ET QU'ON N'EN PARLE PLUS !
NE DÉPENSEZ PAS VOTRE ÉNERGIE POUR RIEN.
CE MEC…
N'A AUCUNE EMPATHIE…
BON SANG !
EUH…

MOI...
J'AI LU VOTRE DERNIER VOLUME.
HEIN ?
QUOI ?
BEN...
EN FAIT...
JE SUIS NOUVEAU À LA RÉDACTION ET JE LIS LES ŒUVRES PUBLIÉS PAR MARUKAWA LES UNES APRÈS LES AUTRES.
JE TROUVE VOTRE MANGA PASSIONNANT, MÊME D'UN POINT DE VUE MASCULIN.
QUAND J'AI SU QU'IL SORTAIT CE MOIS-CI, JE SUIS TOUT DE SUITE ALLÉ L'ACHETER.
VOUS NE POUVIEZ PAS VOUS LE FAIRE OFFRIR PAR LA BOÎTE ?
TECHNI-QUEMENT, SI...
MAIS JE PRÉFÈRE ACHETER LES ŒUVRES QUE J'APPRÉCIE POUR SUPPORTER LES AUTEURS DE TALENT...
À QUOI ÇA SERT DE FAIRE GAGNER DE L'ARGENT À MARUKAWA ALORS QUE C'EST EUX-MÊMES QUI PAYENT TON SALAIRE ?

Tic Tic
AH !
TU VIENS DE PERCUTER, HEIN ?
QUEL IDIOT JE FAIS.
BLUUUSH
JE SOUHAITAIS JUSTE L'ENCOURAGER, MOI...
ENFIN ...
BREF...
CE QUE JE VOULAIS VOUS DIRE, C'EST QUE VOTRE MANGA VAUT VRAIMENT LE COUP, ALORS ÇA MÉRITE UN BON COUP DE COLLIER...
Voilà ...
FINALEMENT, C'EST MOI QUI N'AI PAS BEAUCOUP D'EMPATHIE.
ぽん POF
BON...
VOUS AVEZ ENTENDU LE PETIT NOUVEAU ?
ET MOI, JE ME SUIS DÉJÀ TROMPÉ QUAND J'AI DONNÉ MON AVAL POUR UN PROJET ?
NON...
ALORS J'AI UNE BONNE NOUVELLE ! J'AI RÉUSSI À NÉGOCIER AVEC L'IMPRIMEUR, VOUS AVEZ JUSQU'À DEMAIN MATIN.

AH !
AH BON ? MAIS VOUS AVIEZ DIT CET APRÈS-MIDI DERNIER CARAT…
JE SAVAIS BIEN QUE C'ÉTAIT IMPOSSIBLE.
MAIS RAPPELEZ-VOUS QUE CE GENRE D'INCIDENT NE FAIT QU'ENTACHER VOTRE RÉPUTATION.
O… OUI…
SUR LE CHEMIN, IL A PASSÉ SON TEMPS À HURLER AU TÉLÉPHONE…
ET MAINTENANT, AU BOULOT !
IL ÉTAIT EN TRAIN DE BATAILLER AVEC L'IMPRIMEUR…
OUI !
MÊME SANS MA TENTATIVE D'ENCOURA-GEMENT…
IL SAVAIT DEPUIS LE DÉBUT COMMENT…
MOTIVER SA DESSINATRICE.

S'il vous plaît, vous pouvez me mettre une trame n°41 là-dessus ?
Je suis désolé mais je ne sais pas comment on colle les trames…
Pardon ?!
WAAH !
Ça y est ! le Tôshôqu est prêt !
WAAH !
Super !
On file chez l'imprimeur !!!
SARL ÉDITIONS MARUKA
CU,
CU,
CU,
EXTÉNUÉS
JE NE SAVAIS PAS…
QUE LES PREMIERS RAYONS DU SOLEIL POUVAIENT ÊTRE AUSSI MEURTRIERS…
Aah, mes yeux…
ON A BIEN BOSSÉ…
OUI, ON A PU FINIR DANS LES TEMPS !
HEUREUSE-MENT QUE T'ÉTAIS LÀ.

HEIN ?
D'HABITUDE, C'EST PLUTÔT UN AUTEUR SANS HISTOIRE.
MAIS CE MOIS-CI, C'ÉTAIT UN PEU LA PAGAILLE.
JE CROIS QUE GRÂCE À TOI, ELLE A REPRIS UN PEU CONFIANCE EN ELLE.
EUH ...
JE M'EXCUSE POUR MON INTERVENTION. J'AURAIS PU TROUVER DES MOTS PLUS EFFICACES. MAIS DANS CE GENRE DE CAS, IL FAUT TOUJOURS QUE JE DISE LE FOND DE MA PENSÉE... MOI ET MA FICHUE FRANCHISE...
TA FRANCHISE, HEIN ?
TU T'EN ES BIEN SORTI.

BO
BOM
TIENS, IL LUI ARRIVE DE SOURIRE…
Enfin… C'est normal, mais bon…
POURQUOI MON CŒUR S'EMBALLE, TOUT À COUP ?
C'EST BIEN, D'ÊTRE FRANC.
C'EST UN SUPER COMPLIMENT DE DIRE À UN AUTEUR QUE SON MANGA "VAUT LE COUP".
TANT MIEUX, ALORS…
JE CROIS QU'IL REMONTE UN PEU DANS MON ESTIME…
IL SAIT EXPLOITER À MERVEILLE LES CAPACITÉS DE SES AUTEURS.
POUR FAÇONNER LES MEILLEURS BOUQUINS POSSIBLE ET QU'ILS SE VENDENT BIEN PAR LA SUITE.
…
IL…

IL RÉALISE...
CE QUE J'AI TOUJOURS RÊVÉ DE FAIRE...
ドキ BOOM
AH !
FUIT ふい
QU'EST-CE QUI M'ARRIVE ?
J'AI LE CŒUR QUI BAT À TOUTE ALLURE !
MAIS C'EST UN MEC, POURTANT !
ぎゅ... GRIP
ET DE TOUTE FAÇON, HOMME OU FEMME, JE ME SUIS JURÉ DE NE PLUS JAMAIS TOMBER AMOUREUX.
T'AS PAS CHANGÉ.

?
C'EST-À-DIRE ?
...
TU NE TE SOUVIENS PAS DE MOI ?
...
EUH ...
VOUS M'AVEZ DÉJÀ POSÉ LA QUESTION, MAIS JE VOUS ASSURE QUE VOUS DEVEZ ME CONFONDRE AVEC QUELQU'UN D'AUTRE.
JE NE VOUS AVAIS JAMAIS RENCONTRÉ AVANT D'ARRIVER ICI.

PLAF
?!
QUE...
À QUOI VOUS JOUEZ ?!
?
ET LÀ, TU TE SOUVIENS ?
COMMENT Ç...
GRAP

!
MAIS...
GRIP
TAKA-NO...
QU'EST-CE QUE...
TAKA...
PLAF

...
PLAF
...
STOP !
SI C'EST POUR VOUS FOUTRE DE MOI, JE VOUS CONSEILLE D'ARRÊTER TOUT DE SUITE ! JE SUIS UN HOMME, AU CAS OÙ VOUS NE L'AURIEZ PAS REMARQUÉ !
...
ME FOUTRE DE TOI ?
C'EST VRAI QUE POUR TOI, TOUT N'AVAIT ÉTÉ QU'UNE VASTE PLAISANTERIE DEPUIS LE DÉBUT...
HEIN ?
MÊME SI TON CARACTÈRE EST DIFFÉRENT, TU AS CONSERVÉ TA FRANCHISE.
?!
QU'EST-CE QUE VOUS RACONTEZ ?
POUR TA GOUVERNE...
TU M'AS DIT QUE TU M'AIMAIS.

PARDON ?
FAUT ÊTRE GONFLÉ POUR LARGUER LES GENS ET LES OUBLIER SANS L'OMBRE D'UN REMORDS.
QUOI ?
QUI A LARGUÉ QUI ?
JE VAIS CHEZ L'IMPRIMEUR.
TÂCHE DE TE RAFRAÎCHIR LA MÉMOIRE D'ICI LÀ.
???
ガチャ CLAC
À VRAI DIRE, TAKANO, JE NE COMPRENDS PAS UN TRAÎTRE MOT DE CE QUE…
QUAND J'ÉTAIS EN TERMINALE, MES PARENTS SE SONT SÉPARÉS ET J'AI CHANGÉ DE NOM DE FAMILLE.
MAIS AVANT …
JE M'APPELAIS MASAMUNE SAGA.

MASA-MUNE ...
SAGA ?
MASA-MUNE SAGA...
C'EST ...
"SAGA ..."
LUI ...
"ON SORT BIEN ENSEMBLE TOUS LES DEUX, NON ?"
"HEIN ?"
"COMME TU NE DIS JAMAIS RIEN, JE N'ARRIVE PAS À SAVOIR..."
"SAGA".

"DIS-MOI, SAGA...
EST-CE QUE TU M'AIMES ?"
PFF..!
?!!
IL SE MOQUE DE MOI ?!
MAIS POURQUOI ?!
EST-CE QUE PAR HASARD...
ARGH!
IL SE SERAIT PAYÉ MA TÊTE ??!!

ATTENDS UN PEU, SAGA !
BLAM
!!
SAGA... EUH, NON... TAKANO !!!
MASAMUNE SAGA = MASAMUNE TAKANO... ALORS LÀ, C'EST LA MEILLEURE !
MON PREMIER AMOUR, QUE J'AI CHASSÉ DE MA MÉMOIRE À GRANDS COUPS DE PIED...
REFAIT SURFACE DANS DES CIRCONSTANCES TOUT À FAIT INATTENDUES !
ET, CERISE SUR LE GÂTEAU, IL S'AGIT DE MON SUPÉRIEUR HIÉRARCHIQUE !

MINUTE !!
TU ME BALANCES TA TIRADE ET TU TE BARRES ?!
COMMENT OSES-TU ME PARLER EN FACE...
APRÈS TA CONDUITE INQUALIFIABLE ?! ET SANS MÊME UN MOT D'EXCUSE ?
QUOI ?
MOI, J'AI EU UNE CONDUITE INQUALIFIABLE ?
PARFAITEMENT !
C'EST BIEN DE MOI, QUE TU PARLES, LÀ ?
TU VOIS QUELQU'UN D'AUTRE, DANS LA PIÈCE ? C'EST À CAUSE DE TOI QUE JE...
C'EST TOI QUI T'ES CONDUIT COMME UN ENFOIRÉ !
HEIN ?
TU M'AS VIRÉ SANS UN MOT D'EXPLICATION ET T'AS DISPARU DE LA CIRCULATION DU JOUR AU LENDEMAIN !

?
COMMENT ÇA, JE T'AI VIRÉ ?
JE TE SIGNALE QUE C'EST TOI QUI N'AS PLUS DONNÉ SIGNE DE VIE...
TOI ALORS... TU NE RETIENS QUE CE QUI T'ARRANGE.
PAUVRE TYPE...
PAU...
PAUVRE TYPE TOI-MÊME, D'ABORD !
JE SAIS BIEN QU'ON ÉTAIT JEUNES, MAIS MOI, J'ÉTAIS SINCÈRE ! OR, TU T'ES FOUTU DE MOI ET TU M'AS PLAQUÉ AUSSI SEC !!
PAR-DON ?
QUAND EST-CE QUE J'AI FAIT ÇA ?
QUAND JE T'AI DEMANDÉ SI TU M'AIMAIS, TU AS RICANÉ !!
JE NE VOIS PAS DE QUOI TU PARLES !
J'ÉTAIS LYCÉEN, À L'ÉPOQUE. ÇA T'EST JAMAIS VENU À L'ESPRIT QUE C'ÉTAIT POUR CACHER MA TIMIDITÉ ?
...
ATTENDS ...
TU AS CRU QUE JE M'ÉTAIS MOQUÉ DE TOI... C'EST POUR ÇA QUE TU M'AS COLLÉ TON POING DANS LA TRONCHE ET QUE TU T'ES ENFUI ?
NE ME DIS PAS QUE TU M'EN VEUX TOUJOURS DEPUIS DIX ANS ?

BLUUUSH
...
TU SERAIS PAS...
DÉBILE ?!
L'ENFLURE !
NON MAIS, POUR QUI TU TE PRENDS ?!
JE...
LE MYSTÈRE EST ENFIN RÉSOLU.
SI JE COMPRENDS BIEN, J'AI PLUS QU'À TE RECONQUÉRIR.
Ridicule...
HEIN ?
J'AI ESSAYÉ DE TOMBER AMOUREUX DEPUIS, MAIS J'AI JAMAIS RÉUSSI À T'OUBLIER.
ALORS...

JE TE FERAI À NOUVEAU DIRE QUE TU M'AIMES !
TIENS-TOI PRÊT !
BLUUSH
!!

TAP TAP
QUE...
ET PUIS QUOI, ENCORE ?!
ATTENDS !
C'EST TA FAUTE SI JE...
VLAN
OUILLE !
AÏE ! OUILLE, OUILLE, OUILLE !
...
C'EST QUOI, CETTE HISTOIRE ? JE ME SERAIS TOTALEMENT MÉPRIS ?
J'AURAIS DÛ ÊTRE PLUS ATTENTIF... COMMENT J'AI FAIT POUR NE PAS LE RECONNAÎTRE DÈS LE PREMIER JOUR ?
MAIS NON !
BON, ÇA FAISAIT AUSSI DIX ANS QUE JE NE L'AVAIS PAS VU... ET EN PLUS, IL A CHANGÉ DE COIFFURE ! C'ÉTAIT PAS ÉVIDENT...
...
DU CALME ! RESPIRE À FOND !
CE FUT UN TEL CHOC POUR MOI QUE ÇA A COMPLÈTEMENT BOULEVERSÉ MA PERSONNALITÉ !
IL NE VA PAS TOUT REMETTRE EN QUESTION AVEC UN SIMPLE "C'ÉTAIT POUR CACHER MA TIMIDITÉ".
SI JE M'EN ÉTAIS RENDU COMPTE PLUS TÔT, J'AURAIS IMMÉDIATEMENT QUITTÉ LA BOÎTE !!

"J'AI JAMAIS RÉUSSI À T'OUBLIER."
ドキ BO BOM
ドキ BO BOM
ドキ BO BOM
ドキ BO BOM
...
ドキ BO BOM
ドキ BO BOM

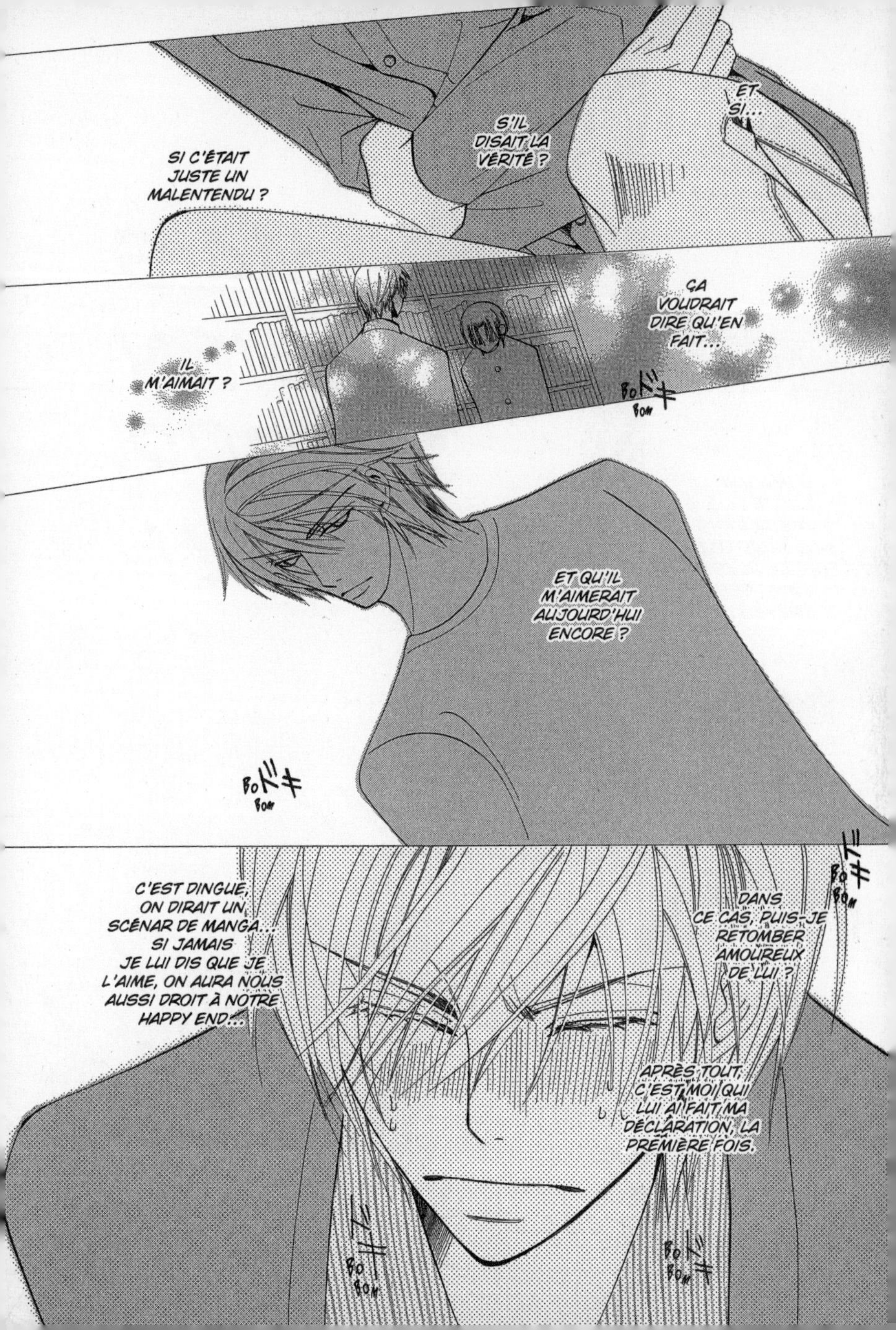
ET SI...
S'IL DISAIT LA VÉRITÉ ?
SI C'ÉTAIT JUSTE UN MALENTENDU ?
ÇA VOUDRAIT DIRE QU'EN FAIT...
IL M'AIMAIT ?
ET QU'IL M'AIMERAIT AUJOURD'HUI ENCORE ?
DANS CE CAS, PUIS-JE RETOMBER AMOUREUX DE LUI ?
C'EST DINGUE, ON DIRAIT UN SCÉNAR DE MANGA... SI JAMAIS JE LUI DIS QUE JE L'AIME, ON AURA NOUS AUSSI DROIT À NOTRE HAPPY END...
APRÈS TOUT, C'EST MOI QUI LUI AI FAIT MA DÉCLARATION, LA PREMIÈRE FOIS.

OK, IL A PEUT-ÊTRE POUFFÉ PARCE QU'IL ÉTAIT GÊNÉ... MAIS C'EST SON ATTITUDE QUI A PRÊTÉ À CONFUSION, TOUT EST SA FAUTE À LUI !!
IL AURAIT PU SE RENDRE COMPTE DE L'EFFET QUE ÇA AURAIT SUR MOI !
JE VAIS QUAND MÊME PAS GOBER SES JUSTIFICATIONS SI FACILEMENT !!
JE NE RESSENS PLUS RIEN POUR LUI !! ET SURTOUT PAS DE L'AMOUR !!
IL S'IMAGINE QUE JE VAIS TOMBER DANS SES BRAS UNE FOIS DE PLUS ?! DANS SES RÊVES !
AH, IL VEUT M'ENTENDRE DIRE QUE JE L'AIME, HEIN ?!
MAIS BIEN SÛR !!!!

EH BEN, IL PEUT SE BROSSER !!!!
T'AS PAS TRAÎNÉ...
ALORS, TU VIENS M'AVOUER TES SENTIMENTS ENFLAMMÉS ?

PARDON ?
DE QUOI TU PARLES ?
ET D'ABORD…
QU'EST-CE QUE TU FOUS SUR MON PALIER ?
1201
J'habite ici depuis un an…
COMME ILS ONT DES HORAIRES IRRÉGULIERS, ILS NE SE SONT JAMAIS CROISÉS.
MAIS POURQUOI J'AI ENCORE LE CŒUR QUI TAMBOURINE-EUH ?!
DU NERF ! J'VAIS PAS ME LAISSER FAIRE !!
C'EST PAS DE L'AMOUR, CE N'EST PAS DE L'AMOUR, CE N'EST PAS DE L'AMOUUUUUUR !!
PLUS QUE 364 JOURS AVANT DE RETOMBER AMOUREUX.

LE JARGON DES ÉDITIONS MARUKAWA (1)

* N.B. : attention, ce vocabulaire est bien spécifique à Marukawa. Certains termes sont largement employés dans le monde de l'édition, d'autres non !

ÉDITION MARUKAWA
Maison d'édition publiant des romans et des mangas. Elle couvre différents genres : littérature, shôjo, shônen (et seinen dans une moindre mesure), mais aussi du boy's love. C'est là qu'à débuté le célèbre Akihiko Usami et c'est aussi eux qui publient le manga *The☆Kan* (de Kyô Ijûin) ainsi que les romans Boy's Love du fameux Yayoi Akikawa*.

LA RÉDACTION D'*EMERALD*
C'est là qu'est conçu chaque mois le magazine de shôjo *Emerald*. Ses ventes se sont accrues en très peu de temps. Les membres de la rédaction sont exclusivement des garçons, ce qui peut paraître étrange pour une revue destinée à un public féminin. C'est pourquoi ils sont surnommés "Le club des jeunes filles".

LES BLEUS
Se dit des épreuves imprimées à l'encre bleue sur du papier en vue de corrections ultérieures.
Voir "diazographie".

* NOMS (ET PSEUDONYME) DE DEUX PERSONNAGES DU MANGA *JUNJO ROMANTICA*, DU MÊME AUTEUR ET ÉGALEMENT DISPONIBLE AUX ÉDITIONS ASUKA, NDT.

LE JARGON DES ÉDITIONS MARUKAWA (2)

** N.B. : attention, ce vocabulaire est bien spécifique à Marukawa. Certains termes sont largement employés dans le monde de l'édition, d'autres non !*

RÉDACTEUR EN CHEF
C'est lui qui tient la rédaction, qui décide de la ligne éditoriale du magazine et de l'image de la marque. Au sein de l'*Emerald*, c'est Masamune Takano qui règne en maître. Il est secondé par un rédacteur en chef adjoint et trois autres rédacteurs travaillent sur le magazine.

LE CYCLE DU RADIS
On dit que le radis met vingt à trente jours avant d'être comestible. On peut le planter toute l'année. C'est un légume très adapté aux jardiniers débutants. Pour en revenir à la rédaction de l'*Emerald*, elle fonctionne selon un cycle de vingt jours que les autres secteurs comparent à la pousse du radis.

PAGES DE REMPLACEMENT
Lorsqu'un mangaka se trouve dans l'incapacité de livrer les planches prévues, l'éditeur fait appel à un autre auteur en urgence pour combler le vide laissé.

MENSUEL EMERALD
Archives story-board 2006
Le cas de Ritsu Onodera
Sekaiichi hatsukoi
N°2

TAKA-NOOO !!
JE PEUX SAVOIR CE QUE T'AS FOUTU AVEC CE BOUQUIN ?!!
BAM

UNE SEULE MISÉRABLE JOURNÉE ET ON N'A DÉJÀ PLUS RIEN !!
?
UNE PREMIÈRE ÉDITION, EN PLUS !!
JE VIENS DE COMMANDER UNE RÉIMPRESSION, MAIS ON VA PERDRE DIX JOURS DE VENTE !
C'EST TA FAUTE, POURQUOI NE PAS AVOIR AUGMENTÉ LE TIRAGE ?!
BAM
? ?
HEIN ?

TU AS LA MÉMOIRE COURTE ! J'AVAIS DEMANDÉ 30 000 EXEMPLAIRES DE PLUS POUR LE PREMIER TIRAGE !
ET C'EST TOI QUI AS RÉTORQUÉ QUE C'ÉTAIT BEAUCOUP TROP ET QUI L'AS RÉDUIT RADICALEMENT !
SI T'ES PAS CONTENT, TU N'AS À T'EN PRENDRE QU'À TOI-MÊME !
TU AS ACCEPTÉ LE COMPROMIS TROP VITE ET VOILÀ LE RÉSULTAT ! UN DÉSASTRE !
PARDON ?
TU ÉTAIS PRÉSENT, TU SAIS TRÈS BIEN QUE JE ME SUIS OPPOSÉ À CE RABAIS JUSQU'AU BOUT !!
BLAM
BAM
EH BEN PAS ASSEZ FERMEMENT, APPAREMMENT ! TU VOULAIS LE VENDRE, CE BOUQUIN, OUI OU MERDE ?!
NON MAIS TU TE FOUS DE MA GUEULE ?!
BAM
...
SHHHH
GROAR GROAR GROAR

PSST
Euh... MINO...
PSST PSST
J'AI LOUPÉ UN ÉPISODE, OU QUOI ?
HMM ?
PSST
C'EST À PROPOS D'UN LANCEMENT DE CE MOIS-CI ?
SI J'AI BIEN COMPRIS, LES EXEMPLAIRES SE SONT TOUS ÉCOULÉS ET IL FAUT DÉJÀ COMMANDER DES RÉIMPRESSIONS.
C'EST PLUTÔT UNE BONNE NOUVELLE, NON ?
PSST
CE N'EST PAS SI SIMPLE. EN FAIT, LES RÉIMPRESSIONS DEMANDENT UN CERTAIN DÉLAI ET IL FAUT PLUSIEURS JOURS AVANT QUE LES LIVRES SOIENT DE NOUVEAU DISPONIBLES EN RAYON.
ET PENDANT CE TEMPS-LÀ, RIEN NE SE VEND. C'EST UN VRAI MANQUE À GAGNER POUR LA MAISON.
PSST PSST
À VRAI DIRE, AU MOMENT DE LA RÉUNION, L'ÉDITO AVAIT DEMANDÉ BEAUCOUP PLUS DE TIRAGES POUR CE PREMIER LANCEMENT, MAIS LE SERVICE COMMERCIAL S'Y EST FERMEMENT OPPOSÉ.
TAKANO A LUTTÉ DE SON MIEUX POUR IMPOSER SON CHOIX, MAIS AU FINAL, IL A DÛ ACCEPTER LA DÉCISION DES COMMERCIAUX.
ET AUJOURD'HUI, IL SE TROUVE QUE CE TIRAGE N'ÉTAIT PAS DU TOUT SUFFISANT.

LES ÉTAPES QUI DÉFINISSENT LE NOMBRE D'EXEMPLAIRES À TIRER
① RÉDAC
Ça y est, j'ai le planning de parution !
Le livre sortira tel jour de tel mois.
② Alors, combien d'exemplaires à imprimer ?
Cette quantité…
Cette quantité…
Non, non !
C'est trop !!
RÉDAC
COMMERCIAUX
SUPÉRIEURS
GRR
GRR
③ RÉSULTAT DES COURSES
POURPARLERS
④ SORTIE DU VOLUME !!
GOAL !!
AH, SI SEULEMENT CE GENRE DE CHOIX POUVAIT DÉPENDRE ENTIÈREMENT DE LA RÉDAC, ÇA NOUS FERAIT GAGNER DU TEMPS…
PSST PSST
ET DONC, C'EST QUI, CE TYPE ?
Un producteur ?
NON, C'EST LE GRIZZLI IMPITOYABLE DES ÉDITIONS MARUKAWA !
PSST PSST PSST
LE COMMERCIAL …
YOKOZAWA, POUR VOUS SERVIR !
GLOUPS

Ah, vous nous écoutiez ?
...
QUI ES-TU ?
C'EST LA PREMIÈRE FOIS QUE JE TE VOIS.
CLAC
OUI, VEUILLEZ M'EXCUSER !
JE M'APPELLE RITSU ONODERA ET J'AI REJOINT LA MAISON DEPUIS UN MOIS.
JE PENSE QUE NOUS SERONS BIENTÔT AMENÉS À TRAVAILLER ENSEMBLE.
"ONO-DERA" ?
OUI...

Y EN A QUI PROFITENT BIEN DE LA NOTORIÉTÉ DE LEURS PARENTS...
Tu es le fils unique des éditions Onodera, j'imagine.
DOOOM
NIVEAU FRANCHISE, IL SE POSE, LÀ.
LES AUTRES RÉDACTIONS, OUTRÉES.
QUANT À TOI, TAKANO, QUE JE NE T'Y REPRENNE PLUS !
...
QUE...
TU FERAIS MIEUX DE VOIR ÇA AVEC TES SUPÉRIEURS.
AVAIT-IL BESOIN DE ME FAIRE DES REMARQUES DÉSOBLIGEANTES DEVANT TOUT LE MONDE ?!
ET CE, DÈS NOTRE PREMIÈRE RENCONTRE ?!
NE T'INQUIÈTE PAS, ONODERA.

AVOIR UN PÈRE CÉLÈBRE...
C'EST MIEUX QUE DE SORTIR DE NULLE PART.
LE MONDE EST REMPLI DE GENS BANALS SANS AUCUN PRESTIGE, TU SAIS.
MASAMUNE TAKANO, RÉDACTEUR EN CHEF DE L'*EMERALD*
EN EFFET.
AVOIR GRANDI DANS UN ENVIRONNEMENT PRIVILÉGIÉ EST LOIN D'ÊTRE UN HANDICAP.
YOSHIYUKI HATORI, RÉDACTEUR EN CHEF ADJOINT
OH...
C'EST VRAI, ÇA ! ET PUIS, SE METTRE AU DÉFI DE SURPASSER SON PÈRE, C'EST UN BEL OBJECTIF DE VIE !
SHÔTA KISA
C'EST GENTIL ...
KANADE MINO
OUI, TOUTE EXPÉRIENCE EST BONNE À PRENDRE !
MES COLLÈGUES ESSAYENT DE ME SOUTENIR...
EUH ...
MERCI, JE...
EN MÊME TEMPS...

SI MALGRÉ TES PRÉDISPOSITIONS, TU TE PLANTES…
C'EST QUE TU NE VAUX PAS MIEUX QU'UN VERMISSEAU.
VOIRE PIRE.
DOOOOM
C'ÉTAIT PAS LA PEINE DE RETOURNER LE COUTEAU DANS LA PLAIE…
LES AUTRES RÉDACS, SIDÉRÉES.
RITSU ONODERA (25 ANS) TRAVAILLE À LA RÉDACTION DE L'EMERALD, LE MAGAZINE DE SHÔJO DES ÉDITIONS MARUKAWA.
Tu veux un gâteau, Riri ?
Bien moelleux !
Sortez-moi de là…
IL N'A TOUJOURS PAS RENONCÉ À L'IDÉE DE DÉMISSIONNER DÈS QUE L'OCCASION SE PRÉSENTERAIT.

IL FAUT QUE J'AILLE DÉPOSER TOUT ÇA AU SERVICE EXPÉDITION.
BIP
ATTENTION À LA FERMETURE DES PORTES.
TAC
ATTENDS !
JE DESCENDS AUSSI.
!
TAP
MINCE, J'AI OUBLIÉ UN TRUC !
...
BLUSH
HÉ...
DING

TAC TAC
C'ÉTAIT PAS TRÈS SUBTIL...
MAIS JE DOIS À TOUT PRIX ÉVITER DE ME RETROUVER SEUL AVEC MON RÉDAC CHEF.
POURQUOI ? EH BIEN PARCE QU'IL Y A DIX ANS, LUI ET MOI...
...
Oui, on est deux hommes... Et alors ?
ON EST FURTIVEMENT SORTIS ENSEMBLE.
ENFIN, SI ON PEUT APPELER ÇA "SORTIR ENSEMBLE". À CAUSE DE LUI, MON CARACTÈRE A ÉTÉ COMPLÈTEMENT ALTÉRÉ.
TAKANO N'A FAIT QUE JOUER AVEC MOI ALORS QUE, DE MON CÔTÉ, J'ÉTAIS ON NE PEUT PLUS SÉRIEUX.

ENFIN, C'EST CE QUE JE PENSAIS... JUSQU'À IL Y A PEU...
À VRAI DIRE...
...
JE NE ME RAPPELLE PLUS DU TOUT CE QUI S'EST PASSÉ APRÈS L'INCIDENT.
TAKANO AFFIRME QU'IL NE S'EST PAS MOQUÉ DE MOI ET QU'IL NE M'A PAS JETÉ.
MAIS JE DOUTE DE LA VÉRACITÉ DE SES PROPOS.
D'UN AUTRE CÔTÉ, C'ÉTAIT MON PREMIER AMOUR ET J'AI EU DU MAL À ME LE SORTIR DE LA TÊTE.
T'as fait vite...
Non, j'ai oublié un truc...
J'AI DÛ FAIRE DE GROS EFFORTS POUR L'OUBLIER.
À L'ÉPOQUE, ÇA M'AVAIT RÉELLEMENT TRAUMATISÉ.
TOUT ÇA POUR QUE, DES ANNÉES PLUS TARD, IL ME BALANCE AU VISAGE...

"JE TE FERAI À NOUVEAU DIRE QUE TU M'AIMES !"
JAMAIS DE LA VIE ! IL RÊVE !
C'EST DU DÉLIRE, CETTE HISTOIRE !
GN
JE NE SUIS PLUS LE GENTIL PETIT GARÇON QUE J'ÉTAIS AU LYCÉE !!
IL FAUT QU'IL AIT MONSTRUEUSEMENT CONFIANCE EN LUI POUR ANNONCER UN TRUC PAREIL SANS SOURCILLER !!
'M'ÉNERVE !!
VOILÀ POURQUOI J'ÉVITE TOUT CONTACT AVEC LUI EN DEHORS DU BOULOT.
C'EST ÇA...
RESTER CONCENTRÉ SUR LE TAF !
Le travail, c'est la santé !

DIMANCHE
LUNDI
MARDI
1
2
7
8
9
Réunion 15h
14
Rendu story-board Mutô
15
MUTÔ N'A TOUJOURS PAS ENVOYÉ SON STORY-BOARD…
ÇA FAIT DÉJÀ CINQ JOURS DE RETARD PAR RAPPORT À LA DATE INITIALE.
SI ON LAISSE TRAÎNER, ÇA VA AVOIR DES RÉPERCUSSIONS SUR L'ENSEMBLE DE SA SÉRIE…
EXCUSE-MOI, HATORI…
ELLE EST RAPIDE, D'HABITUDE, MUTÔ ?
HEIN ?
En fait…
ELLE A UN PEU DE RETARD SUR SON STORY-BOARD ET COMME TU ÉTAIS SON RESPONSABLE ÉDITORIAL AVANT MOI, JE VOULAIS SAVOIR SI C'ÉTAIT UNE HABITUDE, CHEZ ELLE.
NON, ELLE NE DÉPASSE PAS TELLEMENT LES DÉLAIS, NORMALEMENT.
MAIS PARFOIS, ELLE A UN PETIT COUP DE MOU ET ELLE A DU MAL À SE REMETTRE D'APLOMB.
IL VAUDRAIT MIEUX LUI DEMANDER RÉGULIÈREMENT OÙ ELLE EN EST.
ENTENDU.
TCHAC

DEPUIS QUELQUES JOURS, JE M'OCCUPE D'UNE MANGAKA.
CLIC
ALLÔ ?
OUI, BONJOUR ...
ICI MONSIEUR ONODERA DES ÉDITIONS MARUKAWA.
LA FONCTION DE RESPONSABLE ÉDITORIAL NE M'EST PAS ÉTRANGÈRE, PUISQUE C'EST CE QUE JE FAISAIS AUPRÈS D'ÉCRIVAINS, DANS MON ANCIENNE BOÎTE.
MAIS LA PRINCIPALE DIFFÉRENCE ENTRE LES MANGAS ET LES ROMANS, C'EST QU'IL FAUT EN PLUS GÉRER TOUTE LA PARTIE "DESSIN".
JE VIENS AUX NOUVELLES CONCERNANT VOTRE STORY-BOARD.
D'APRÈS TAKANO...
STORY-BOARD
LE PRÉ-BROUILLON, EN QUELQUE SORTE.
APRÈS L'ÉBAUCHE, L'AUTEUR S'ATTÈLE AU STORY-BOARD.
AH ! EUH, OUI... JE SUIS DÉSOLÉE, JE N'AI TOUJOURS PAS TERMINÉ.
IL ME RESTE ENCORE DIX PAGES.
C'EST À TRAVERS LE STORY-BOARD QUE LE STYLE DE L'AUTEUR S'EXPRIME LE MIEUX.
ET EN MÊME TEMPS...
ÇA MET À L'ÉPREUVE LE SENS CRITIQUE DE L'ÉDITO, QUI EST CENSÉ LE LIRE ET LE CORRIGER EFFICACEMENT...
PLAF
PLAF
PLAF

EUH … QU'EST-CE QUE C'EST QUE TOUT ÇA ?
De la paperasse ?
DES STORY-BOARDS.
C'EST LA PREMIÈRE FOIS QUE TU EN VOIS ?
CE SONT LES COPIES DES CHAPITRES DE TOUTES LES SÉRIES QUI ONT ÉTÉ PUBLIÉES DANS L'EMERALD PENDANT CINQ ANS, DE L'ÉBAUCHE À LA VERSION FINALE.
OUI…
TOUTES LES PLANCHES DÉFINITIVES QUI PRÉSENTENT DES CORRECTIONS EN ROUGE DATENT DE L'ÉPOQUE OÙ JE NE TRAVAILLAIS PAS ENCORE À MARUKAWA.
CE SONT LES CHANGEMENTS QUE MOI J'AURAIS DEMANDÉS SI J'AVAIS ÉTÉ LÀ.
TU VAS LES LIRE CETTE SEMAINE, ANALYSER MES CORRECTIONS ET ESSAYER DE LES COMPRENDRE.
QUOI ?!
TOUT ÇA EN UNE SEMAINE ?
TU NE T'EN SENS PAS CAPABLE ?

GRR
SI, SI...
JE VAIS ESSAYER...
QU'EST-CE QUE J'ENTENDS ?!
C'EST LE CLICHÉ DU MEC PAS SÛR DE LUI !
FAIS-LE OU NE LE FAIS PAS ! IL N'Y A PAS D'ESSAI !
BAM
TU AS MAL COMPRIS !
SI JE DIS QUE JE VAIS LE FAIRE, C'EST QUE J'EN SUIS CAPABLE !
À LA BONNE HEURE...
J'AI FONCÉ LA TÊTE LA PREMIÈRE DANS SA PROVOCATION À DEUX BALLES.

OUI, J'AI TOUT LU. J'Y AI PASSÉ DES NUITS BLANCHES ET J'AI MÊME RÉDIGÉ DES COMPTES-RENDUS.
Faut pas me prendre pour un naze ! J'ai déjà trois ans d'expérience dans les pattes, bon sang !
SUITE À QUOI ON M'A CONFIÉ LA GESTION DE CETTE MANGAKA.
SI JAMAIS VOUS AVEZ FINI D'ICI CE WEEK-END, N'HÉSITEZ PAS À ME LE FAXER DIRECTEMENT CHEZ MOI.
D'ACCORD. JE VOUS SOUHAITE BON COURAGE.
CLIC
ÇA VA ALLER ?
OUI, RIEN DE CATAS-TROPHIQUE.
LE PROBLÈME, C'EST PLUTÔT MOI.
AI-JE ASSEZ DE SAVOIR-FAIRE POUR CORRIGER SON STORY-BOARD DE MANIÈRE PERTINENTE ?
ENFIN, COMME D'AUTRES PERSONNES VONT REPASSER DESSUS AUSSI, JE N'AI PAS TROP LA PRESSION.
D'UN AUTRE CÔTÉ, SI JE COMMENCE À ME REPOSER SUR LES AUTRES D'ENTRÉE DE JEU, JE SUIS MAL BARRÉ !
APRÈS TOUT, C'EST MON BAPTÊME DU FEU...

HM...
TAKANO, UN APPEL INTERNE DE LA PART DE YOKOZAWA.
IL DIT "VIENS PRENDRE UN VERRE AVEC MOI CE SOIR."
FUIT
DIS-LUI QUE J'AI AUTRE CHOSE À FAIRE.
VIENS LUI DIRE TOI-MÊME.
YOKOZAWA ...
C'EST LE COMMERCIAL QUI NOUS A HURLÉ DESSUS, TOUT À L'HEURE.
COMMENT IL PEUT LUI PROPOSER D'ALLER BOIRE UN COUP ALORS QU'IL SE SONT VIOLEMMENT ENGUEULÉS ?

Prends son appel, je n'ai pas envie d'être impliqué dans vos histoires...
Il me soûle...
AH !
POURQUOI ÇA M'ÉNERVE ?
ON SE CONCENTRE SUR LE BOULOT ! ET QUE ÇA SAUTE !!
C'EST VRAI, APRÈS TOUT...
ÇA NE ME CONCERNE EN RIEN...
TU Y VAS, RIRI ?
OUI, JE N'AI PLUS QU'À ATTENDRE LE STORY-BOARD.
BONNE FIN DE JOURNÉE !
RENTRE BIEN !
VRRR
J'ESPÈRE QUE MUTÔ AURA FINI À TEMPS...
DING

FSHH
D...
DE QUOI ILS PEUVENT BIEN PARLER ?
JE SUIS OBLIGÉ DE PASSER PAR LÀ POUR SORTIR.
JE CROYAIS QU'ILS NE S'ENTENDAIENT PAS... PEUT-ÊTRE QU'ILS SE DISPUTENT ENCORE...

BO BOM
...
TAKANO SE MARRE...
BO BOM
BO BOM
LUI QUI EST SI SINISTRE, D'HABITUDE.
BO BOM

TAP
FLOP
HÉ !
TAP
TAP
TAP
ET "AU REVOIR", C'EST POUR LES CHIENS ?
TAP
TAP
TAP
BONNE SOIRÉE !
JE VAIS RENTRER AUSSI.
ALORS C'EST PROMIS ? TU ME RÉSERVES TA SOIRÉE DU 3 ?
ET CETTE FOIS, INTERDICTION DE DÉCOMMANDER !
J'AI QUE DES BONNES À RIEN D'AUTEURS SUR LES BRAS, CE MOIS-CI.
SI J'ARRIVE À TOUT BOUCLER, J'Y RÉFLÉCHIRAI.

VRRR
MENTEUR ! TU DIS ÇA MAIS TU TE DÉFILES À CHAQUE FOIS.
C'EST ARRIVÉ QU'UNE FOIS !
COMMENT ÇA SE FAIT ?
ILS SE SONT PRIS LE BEC AUJOURD'HUI MÊME ET POURTANT...
JE TE DIS QUE SI.
ET MOI QUE NON.
BON, BAH JE PASSERAI CHEZ TOI UN PEU PLUS TARD.
T'AS PAS INTÉRÊT.
ILS ONT L'AIR TRÈS PROCHES.
T'AVISE PAS DE TE COUCHER AVANT QUE J'ARRIVE.
TU M'ENTENDS...
QUELLE RELATION ILS PEUVENT AVOIR TOUS LES DEUX ?
MASAMUNE ?!

TAP
TAP
TAP
TAP
IL L'A...
APPELÉ...
PAR...
SON PRÉNOM...
TAP
OUI...
ET ALORS ?
ILS PEUVENT BIEN SE DONNER TOUS LES PETITS NOMS QU'ILS VEULENT, APRÈS TOUT.
TAKANO EST MON SUPÉRIEUR HIÉRARCHIQUE, POINT BARRE.
EH OUI...
ÇA NE ME CONCERNE ABSOLUMENT PAS.

VRRRR
SUITE À UN ACCIDENT DE VOYAGEUR, LES HORAIRES DE NOTRE LIGNE SONT PERTURBÉS…
VEUILLEZ NOUS EXCUSER POUR LA GÊNE OCCASIONNÉE.
PROCHAIN ARRÊT…
TA TAM
…
DIS DONC, QU'EST-CE QUE TU FAIS LÀ ?
ÇA T'AMUSE, DE ME SUIVRE ?
DÉSOLÉ DE VOULOIR RENTRER CHEZ MOI…
OUPS…
C'EST VRAI QU'ON EST VOISINS.
À force de l'esquiver, ça m'était sorti de la tête…

QUELLE CHALEUR... ON EST SERRÉS COMME DES SARDINES LÀ-DEDANS.
HEIN ?
JE DIS QU'IL FAIT CHAUD !
AH BON ? MOI, ÇA VA.
J'AI PAS ENVIE D'ALIMENTER LA CONVERSATION.
COMMENT ÇA SE PASSE, AVEC TON AUTEUR ?
QUI ÇA ?
PLUS QUE QUATRE STATIONS...
MUTÔ.
QU'EST-CE QUE TU VEUX SAVOIR ?
...
BOBOM
CE QUE JE VEUX SAVOIR, C'EST POURQUOI TU M'ÉVITES !

DE QUOI TU PARLES ?
JE N'AI PAS…
MENTEUR !
TU FAIS SCRUPULEUSE-MENT GAFFE À NE JAMAIS TE RETROUVER SEUL AVEC MOI.
C'EST DE LA PARANO !
POURQUOI JE CHERCHERAIS À T'ÉVITER ?
PARCE QUE JE TE TROUBLE ?
BLUSH
MAIS…
PAS DU TOUT…
BLAM
HIII !
CRIII
WAAH !

Bla
Bla
ATTENTION, VIRAGE SERRÉ IMMINENT…
Un peu tard, l'annonce…
Ah, bravo !
TA TAM
TA TAM
Bla
TA TAM
TA TAM
TA TAM
TA TAM
TA TAM
TA TAM
TA-TAM

ÇA VA ?
OUI... DÉSOLÉ...
BO BOM
QU'EST-CE QUI M'ARRIVE ? J'AI LES JAMBES EN COTON...
BO BOM
BO BOM
FUIT
JE SENS...
BO BOM
SON REGARD ...
BO BOM
SUR MOI.
QU'EST-CE QU'IL A ?
BO BOM
S'IL A QUELQUE CHOSE À ME REPROCHER, QU'IL LE DISE CARRÉMENT !
BO BOM
ET QU'IL ARRÊTE DE ME FIXER !
BO BOM
TAC
BO BOM

ガタン TA TAM
ゴトン TA TAM
ガタン TA TAM
ゴトン TA TAM
ガタン TA TAM
ゴトン TA TAM
...
ガタン TA TAM
ゴトン TA TAM
OUF...
ドサッ PLAF
JE SUIS ÉPUISÉ...
GROSSE FATIGUE
JE SAIS QUE JE VIENS DE REFAIRE TOUTE LA DÉCO DE L'APPART, MAIS JE DOIS VRAIMENT SONGER À DÉMÉNAGER VITE FAIT.

BON, JE VAIS PRENDRE UN BAIN ET AU DODO...
LE STORY-BOARD DE MUTÔ...
JE N'Y CROYAIS PLUS.
ELLE S'EST VRAIMENT DÉMENÉE.
TAP
TAP
C'EST PAS LE MOMENT DE PRENDRE UN BAIN.
JE VAIS CORRIGER TOUT ÇA ET LUI RÉPONDRE DANS LA FOULÉE.

BEN DIS DONC…
ÇA EN FAIT, DES CORRECTIONS…
LE PIRE, C'EST QUE JE NE SAURAIS PAS DIRE SI ELLES SONT TOUTES PERTINENTES.
BIP BIP BIP
ET SI JE DEMANDAIS L'AVIS DE HATORI, SON ANCIEN RESPONSABLE ?
BIP
"TAKANO DOIT INSPECTER TOUS LES STORY-BOARDS, C'EST LA RÈGLE."
D'accord.
Si tu es pressé, pas la peine de passer par nous.
…
C'EST TROP POUR AUJOUR-D'HUI…
JE VEUX PLUS LE VOIR…
Ni demain non plus, si je pouvais…
FRSH
JE SAIS ! JE VAIS LE LUI FAXER !
FRSH
UN BON MOYEN DE LUI MONTRER LE STORY-BOARD SANS AVOIR À LE CROISER…

VRRR
TRI
QUI C'EST ?
BIP
TAC
TAC
TAC
ALLÔ ?
BRRR
BRRR
T'ES JUSTE À CÔTÉ, VIENS ME LE REMETTRE EN MAINS PROPRES !!
TAKANO...
MAIS... EUH...
TU PRÉFÈRES QUE CE SOIT MOI QUI VIENNE ?!
NON, SURTOUT PAS !
TU AS CINQ SECONDES.
OK, J'ARRIVE TOUT DE SUITE !!
MOI QUI NE VOULAIS PLUS REVOIR SA TÊTE...
CLAC
BONNE IDÉE ! LA BOÎTE AUX LETTRES !
ON EN PARLERA ENSUITE AU TÉLÉPHONE.
FRSH
FRSH
FRSH
BONG

KRSH
みし…
...
QU'EST-CE QUE TU FABRIQUES ?
AÏE... OUILLE... OUILLE...
...
FLAP
ENTRE !
JE VAIS Y JETER UN ŒIL TOUT DE SUITE.
NON MAIS PRENDS TON TEMPS !
JE VAIS ATTENDRE CHEZ MOI ET TU POURRAS ME TÉLÉPHONER APRÈS POUR LES REMARQUES.

CERTAINE-MENT PAS.
JE NE TOLÈRE PAS LE TRAVAIL BÂCLÉ.
EUH...
PLAÎT-IL ?
C'EST À MOI QU'IL VA PARLER ...
DE TRAVAIL BÂCLÉ ?
...

JE VEUX RENTRER CHEZ MOI...
C'EST DRÔLE ...
SA PIAULE EST MIEUX RANGÉE QUE CE QUE JE CROYAIS.
J'AI FINI.
FLAP
ET TES CORRECTIONS ?
LES VOILÀ.
JE N'AI PAS TOUCHÉ AUX DIALOGUES POUR LE MOMENT...
JE ME SUIS CONCENTRÉ SUR LE FIL DU RÉCIT.

PAR EXEMPLE, LÀ, QUAND ELLE EST TRÈS ÉMUE...
LA SCÈNE S'ACHÈVE SUR UN GAG.
DU COUP, JE TROUVE QUE ÇA CASSE LE RYTHME...
JE PENSE QU'IL VAUDRAIT MIEUX TERMINER SUR UNE NOTE PLUS SÉRIEUSE.
rythme
case à supprimer
D'AILLEURS, EN RÈGLE GÉNÉRALE, JE TROUVE QU'IL Y A TROP DE CASES HUMORISTIQUES.
ELLES N'APPORTENT RIEN AU SCÉNARIO, J'AI PROPOSÉ DE LES SUPPRIMER...
PAS LA PEINE DE TOUTES LES RETIRER.
ON NE SUPPRIME QUE LES CASES VRAIMENT INUTILES ET ON GARDE CELLES OÙ L'AUTEUR S'AMUSE.
IL FAUT LUI DEMANDER LESQUELLES ELLE A DESSINÉES DANS UN BUT PRÉCIS ET CELLES QUI SONT JUSTE DU REMPLISSAGE.
GH...
inutile
SCRITCH
SCRITCH
ENSUITE, IL FAUT MODIFIER L'ORDRE DES CASES POUR UN MEILLEUR RYTHME...

PLAF
à ajouter
remonter
à supprimer
ÇA FAIT PLEIN DE MODIFS, MAIS…
JE TROUVE QUE C'EST BIEN PLUS AGRÉABLE À LIRE AINSI.
IL N'Y A PLUS QU'À LES SOUMETTRE À L'AUTEUR POUR VALIDATION.
Mais je pense que ça va passer à 100 %.
GLOU
ALORS, COMMENT TU AS TROUVÉ MES CORRECTIONS ?
HUM…
EH BIEN…
TU N'AS PAS FAIT D'ERREUR.
MAIS TU AS UNE RELECTURE UN PEU TROP "PREMIER DE LA CLASSE".

ENFIN ...
ÇA VIENDRA AVEC L'EXPÉRIENCE.
"PREMIER DE LA CLASSE" ?
QU'EST-CE QU'IL ENTEND PAR LÀ ?
QU'EST-CE QUE J'AI FAIT DE MAL ?
TU VEUX DU CAFÉ ?
NON, MERCI.
JE RENTRE RÉPONDRE À L'AUTEUR.
IL EST PLUS D'UNE HEURE DU MATIN.
Eh ben...
JE VAIS LE RELIRE ENCORE UNE FOIS.
PARDON DE T'AVOIR DÉRANGÉ SI TARD.
コト TOC
DIS ...
POURQUOI TU M'ÉVITES ?
MAIS ...
C'EST FAUX, JE...
TU M'AIMES, OUI OU NON ?

ABSO-LUMENT PAS !
...
Ah bon...
JE SUIS COMME ÇA AVEC TOUT LE MONDE !
JE NE MÊLE JAMAIS TRAVAIL ET VIE PRIVÉE !
ET JE TE SIGNALE QUE J'AI UNE COPINE.
C'EST DU PIPEAU, MAIS COMME ÇA, AU MOINS, IL ME FICHERA LA PAIX.
TU ES ADULTE, MAINTENANT, TU POURRAIS AU MOINS INVENTER DES MENSONGES PLUS CRÉDIBLES.
JE NE TE MENS PAS, JE...
ALORS REGARDE-MOI DANS LES YEUX...

ET OSE ME LE RÉPÉTER.
FU
!
J...
JE...
J'AI UNE COPINE...
MENTEUR !

!!
AH !
QUE ...
ARRÊTE ...
PLAF
PLAF
PLAF
PLAF
...
NON ...

BLAM
HMPF ...
GNN ...
...
...
GMOTCH
HMM ...
GMOTCH
GMOTCH
GNN ...
...
BO BOM

NON...
ARRÊTE...
TAKA...
FLOC
TAKANO !
AH !
FLOC
SMOTCH
SMOTCH
TAKA... AAH...
J'AI PAS ENVIE DE ÇA !
BRR
BRR
HAA...
TON CORPS RÉAGIT BIEN VITE POUR QUELQU'UN QUI N'A PAS ENVIE !
STOP...
AAH...
AH...
HAA...
FLOC
SMOTCH
SMOTCH
FLOC
AAH...
AH !
AAH...
...
AAH...

BRR...
HAA...
PLIC
PLIC
HAA...
HAA...
...
FRSH
ONODERA ...
FSHH
...
QUEL CAUCHEMAR.
JE VEUX RENTRER.
HÉ !
FRSH
FRSH
JE RESTERAI PAS ICI UNE SECONDE DE PLUS.
ONODERA !
CLAC
TAP
TAP
JE RENTRE, JE PRENDS UN BAIN ET JE VAIS AU LIT.

AH...
YOKOZAWA ?
?
QU'EST-CE QUE TU FAIS LÀ ?
HEIN ?
EUH... ON TRAVAILLAIT...
SUR DES VÉRIFS DE STORY-BOARD.

T'ES SÉRIEUX ? IL EST PRESQUE 2 HEURES DU MATIN.
C'EST TOI QUI N'AS RIEN À FAIRE ICI.
J'apporte de quoi picoler.
KUMAYA SPIRITUEUX
JE T'AVAIS DIT QUE JE PASSERAIS.
SI C'EST PAS MOI QUI VIENS TE CHERCHER, TU TIENS JAMAIS TES ENGAGEMENTS.
DU COUP, JE PASSE À L'ATTAQUE !
REPARS D'OÙ TU VIENS, CRÉTIN.
NON, J'ENTRE.
MERCI POUR LES CONSEILS, À DEMAIN.
IL A ÉTÉ DUR AVEC TOI ?
SUR LE PLAN PROFESSIONNEL, IL N'A AUCUNE PITIÉ. NI AVEC LES DÉBUTANTS, NI AVEC LES VIEUX DE LA VIEILLE.
SI TU NE TE DONNES PAS À FOND, JE NE DONNE PAS CHER DE TA PEAU.

ET ARRÊTE DE PLEURNICHER.
C'EST PITOYABLE.
NON, C'EST PARCE QUE...
DE QUOI VOUS PARLEZ, VOUS DEUX ?
AU REVOIR ...
ONODERA !
JE T'APPELLE PLUS TARD.
NON, MERCI !
BLAM

BO BOM
HAA... HAA...
BO BOM
BO BOM
BO BOM
HAA... HAA...
BO BOM
POURQUOI IL DÉBARQUE EN PLEINE NUIT, LUI ?
TAKANO A FINI PAR LE LAISSER ENTRER.
EN PLUS, IL ME FAIT DES REPROCHES.
QU'EST-CE QUE ÇA VEUT DIRE, "JE PASSE À L'ATTAQUE" ?
BREF... CONCENTRONS-NOUS SUR LE TRAVAIL...
JE VAIS RELIRE LE STORY-BOARD.
NOTER AU PROPRE MES CORRECTIONS POUR QUE L'AUTEUR PUISSE LES COMPRENDRE PLUS FACILEMENT.
FRSH
FRSH
...
J'AI MAL...

TOUT MON CORPS M'ÉLANCE.
TOUTES LES PARTIES DE MON CORPS QU'IL A TOUCHÉES...
SONT EN FEU !
RIEN À FAIRE...
DANS MON ÉTAT, JE N'ARRIVE PAS À ME FOCALISER SUR LA RELECTURE.
C'EST UN MANQUE DE RESPECT TERRIBLE ENVERS LA DESSINATRICE QUI A SUÉ SANG ET EAU SUR SES PLANCHES.
"JE NE TOLÈRE PAS LE TRAVAIL BÂCLÉ."
JE DOIS ME REPRENDRE AU PLUS VITE !
VRRRR
VRRRR
APRÈS TOUT, JE L'AI DIT DEPUIS LE DÉBUT...

JE NE RETOMBERAI JAMAIS AMOUREUX DE TAKANO.
SARL
ÉDITIONS M
RÉDACTION DE L'EMERALD, QUELQUES HEURES AVANT LE BOUCLAGE.
TOUTES VOS ASSISTANTE ...
SONT CLOUÉES AU LIT AVEC LA GRIPPE ?

L'UNE D'ENTRE ELLES A CONTAMINÉ TOUTES LES AUTRES ?!
MAIS VOUS, ÇA VA ? OUI ?!
BON, C'EST DÉJÀ ÇA !
ET LES PLANCHES, QUAND EST-CE QU'ON LES AURA ? ON DEVRAIT LES AVOIR DÉJÀ REÇUES !
VOUS DEVEZ COLLER TOUTES LES TRAMES À VOUS TOUTE SEULE ?
JE VOIS...
AAAAAH !
ELLE AURAIT DÛ SE DÉPLACER JUSQU'ICI DÈS L'INSTANT OÙ ELLE A VU QU'ELLE COMMENÇAIT À ÊTRE EN RETARD !
MOINS FORT, JE N'ENTENDS PAS CE QU'ELLE ME DIT !
EUH... VOUS ÊTES CERTAINEMENT AU COURANT...
QUE NOUS DEVONS RENDRE LA MAQUETTE À L'IMPRIMEUR CET APRÈS-MIDI DERNIER CARAT...
TAKANO !
C'est quoi, ce bureau ? Un dépotoir ?
J'AI ENTENDU DIRE QUE LE MEILLEUR AUTEUR DU MAGAZINE ÉTAIT DANS LA PANADE, CE MOIS-CI ?
TU AURAIS PU NOUS PRÉVENIR ! J'AURAIS BIEN AIMÉ ÊTRE AU COURANT !
JE VIENDRAI VOUS LES APPORTER EN FIN D'APRÈS-MIDI, ENTRE 17 H ET 18 H, SANS FAUTE. JE COUPERAI LES TRAMES DANS L'AVION...
MAIS AVEC LES NOUVELLES RÉGLEMENTATIONS, LES CUTTERS SONT INTERDITS EN CABINE.
ARGH...

* HANEDA EST UN AÉROPORT DE TOKYO ET SHIN-CHITOSE UN AÉROPORT SITUÉ À HOKKAIDÔ, NDT.

JE VOUS DEMANDE DE PATIENTER UNE DEMI-JOURNÉE DE PLUS !
JE VAIS À HOKKAIDÔ.
JE SERAI DE RETOUR VERS 21 H.
JE M'OCCUPE DE NÉGOCIER AVEC L'IMPRIMEUR.
LAISSE TOMBER.
LE DÉLAI EST TROP COURT.
ON NE S'EN SORTIRA PAS SI ON S'EN TIENT AU PLAN INITIAL.
KISA, PASSE-MOI LA LISTE DES AUTEURS DE REMPLACEMENT.
UNE PETITE MINUTE !
MUTÔ DONNE SON MAXIMUM POUR FINIR À TEMPS !
ONODERA ...

SE DONNER À FOND N'EST PAS UNE GARANTIE DE RÉSULTAT.
ON EST AU BORD DU GOUFFRE, LÀ, ALORS METS TES SENTIMENTS DE CÔTÉ ET REGARDE LA RÉALITÉ EN FACE !
C'EST ÇA, LE RÔLE D'UN RESPONSABLE ÉDITORIAL.
TOC
TOC
TOC
J'Y ARRIVERAI ! EN PLUS, ELLE EST DÉJÀ EN ROUTE POUR L'AÉROPORT !
JE TE PRÉVIENS, ON N'ENVERRA PAS SES PLANCHES À L'IMPRIMERIE SI JAMAIS IL RESTE DES ZONES AU BROUILLON OU SANS TRAMES.
PAS DE PLACE DANS L'*EMERALD* POUR DES MANGAS À MOITIÉ FINIS !
RASSIEDS-TOI.
TU PERDS TON TEMPS.

PUISQUE JE VOUS DEMANDE DE PATIENTER UNE DEMI-JOURNÉE DE PLUS !
SI JE SAVAIS QUE C'ÉTAIT PERDU D'AVANCE, JE NE VOUS LE PROPOSERAIS MÊME PAS !
JE NE SUPPORTE PAS LA MOINDRE REMARQUE DE LA PART DE CE YOKOZAWA !
Ouh là... Ça se gâte...
BLA BLA
PFF...

SUPER ...
ET QU'EST-CE QUI NOUS OBLIGE À TE CROIRE ?
GRR
...
OK, VAS-Y.
J'EN PRENDS LA RESPONSABILITÉ.
HEIN ?
FILE, VITE !
Oui...
TOUT DE SUITE !
DIS DONC, TAKANO !
ÇA M'ÉTONNE DE TOI...
ON N'EST PAS DES COLLÉGIENS QUI PUBLIENT UN FANZINE !
...

KIIIIIN
J'AVOUE ...
MADAME MUTÔ... C'EST BIEN VOUS ?
JE SUIS MONSIEUR ONODERA, DES ÉDITIONS MARUKAWA.
C'EST LA PREMIÈRE FOIS QU'ON SE RENCONTRE EN VRAI.
Vous êtes bien couverte...
Je me protège des microbes...
FLOP FLOP
JE SUIS AFFREUSEMENT CONFUSE DE VOUS AVOIR OBLIGÉ À VOUS DÉPLACER !
AAAH !
JE VOUS EN PRIE... VOUS AVEZ PU AVANCER ?
IL ME RESTE ENCORE QUINZE PAGES.
DONNEZ-MOI CE QUI EST PRÊT, JE VAIS INTÉGRER LES TEXTES.
FRSH
FRSH
FRSH

Tic Tic Tic
QUELLES GROSSES CERNES…
On les distingue même derrière ses lunettes.
ELLE N'A PAS DORMI DE LA NUIT, ÇA SE VOIT.
ELLE EST TOUTE ROUGE…
TAKANO CONSIDÈRE QUE LES EFFORTS SANS RÉSULTAT NE VALENT RIEN…
ON DIRAIT QU'ELLE A DE LA FIÈVRE.
Elle a peut-être choppé la grippe, elle aussi…
C'EST VRAI QU'ELLE S'EST ELLE-MÊME MISE DANS CETTE SITUATION…
MAIS QUAND JE LA VOIS COMME ÇA, À BOUT DE FORCES…
J'AI DE LA COMPASSION POUR ELLE, EN TANT QUE RESPONSABLE ÉDITO.
JE SUIS SANS DOUTE TROP SENSIBLE.

NON ! C'EST À L'ÉDITEUR DE DÉFENDRE SES AUTEURS.
EN PLUS, TAKANO DIT QU'IL EN ASSUME LA RESPONSA-BILITÉ.
DONC JE PEUX BIEN FAIRE CE QUE JE VEUX, AU FINAL...
BIEN SÛR QUE NON, VOYONS...
PARCE QUE...
MES DÉCISIONS N'IMPLIQUENT PAS QUE MOI...
SI ÇA SE PASSE MAL, C'EST MON SUPÉRIEUR QUI SERA ACCUSÉ.
"J'EN PRENDS LA RESPONSABILITÉ.
FILE, VITE !"

LE MOINDRE CONTRETEMPS…
ET C'EST L'ENSEMBLE DU PLANNING QUI SERA AFFECTÉ.
JE N'AI PAS ENCORE FAIT MES PREUVES EN TANT QUE RESPONSABLE ÉDITORIAL, JE N'AI PAS LE DROIT À L'ERREUR.
ET POURTANT, J'AI AGI AINSI POUR TENIR TÊTE À YOKOZAWA, JUSTE PAR ESPRIT DE RIVALITÉ (?)…
…
AH !
AU FAIT…
OUI ?
MERCI BEAUCOUP POUR LES CORRECTIONS DE MON STORY-BOARD, L'AUTRE JOUR.
C'EST EN LISANT VOS REMARQUES SUR LE DÉROULEMENT DE LA SCÈNE QUE JE ME SUIS RENDU COMPTE DE CE QUI N'ALLAIT PAS.
ÇA FAIT PLAISIR D'AVOIR UN AVIS EXTÉRIEUR QUAND JE MANQUE DE RECUL.

TANT MIEUX ! JE VAIS CONTINUER À FAIRE DE MON MIEUX.
MAIS POUR LE MOMENT, REMETTONS-NOUS AU TRAVAIL !
OUI, OUI !
C'ÉTAIT...
LES CORRECTIONS APPORTÉES PAR TAKANO.
JE NE POUVAIS PAS AVOIR TOUT BON DU PREMIER COUP, C'EST SÛR.
MAIS LÀ, J'AI SURTOUT L'IMPRESSION D'AVOIR PATINÉ SANS ÊTRE EFFICACE.
DU TRAVAIL BÂCLÉ, QUOI...

NOUS NE POUVONS PLUS ATTENDRE !
C'EST TROP TARD, ADMETS-LE.
...
TAKANO !
TAKANO !
JE SUIS DÉSOLÉ, IL A QUITTÉ HANEDA ET SERA LÀ D'UNE MINUTE À L'AUTRE.
BIP
JE VAIS L'APPELER...
BLAM
HAA...
TOUTES MES EX-CUSES !
ME REVOILÀ !
HAA...
HAA...

VOUS ÊTES EN RETARD !
JE SAIS, JE SUIS NAVRÉ ! J'ÉTAIS PRIS DANS LES EMBOUTEIL-LAGES.
HAA...
HAA...
FLAP
FLAP
ET LES TEXTES ? ET LES ZONES DE NOIR ?
JE M'EN SUIS OCCUPÉ !
TU AS FAIT UNE DERNIÈRE VÉRIF ?
OUI, TROIS FOIS !!
PARFAIT !
JE LES PRENDS !!
MERCI POUR VOTRE PATIENCE !!
DASH
TAP
TAP
TAP
TAP
OUF...

JE M'EXCUSE POUR CE FÂCHEUX CONTRETEMPS.
JE N'AI PAS SU GÉRER CORRECTEMENT MON AUTEUR EN AMONT. TOUT EST MA FAUTE.
MALGRÉ ÇA, J'AI VOULU SUIVRE MON INSTINCT ET J'AI MIS TOUT LE MONDE DANS L'EMBARRAS.
CETTE ERREUR NE SE REPRODUIRA PAS.

GRRR
BON ...
PUISQUE LE PROBLÈME EST RÉGLÉ, JE RETOURNE BOSSER.
MAIS TES CORRES-PONDANTS SONT DÉJÀ RENTRÉS CHEZ EUX ...
TU NE CONNAIS PAS CE PETIT APPAREIL TRÈS PRATIQUE QU'ON APPELLE UN TÉLÉPHONE ?
BON ALLEZ, À PLUS TARD.
BON COURAGE !
CLAC
LES COMMERCIAUX ÉTAIENT SUR LE QUI-VIVE...
NORMAL, C'EST LEUR MAGAZINE À EUX AUSSI.
ET ILS ONT LEUR FIERTÉ.
TIC TIC

ENFIN...
TOUT S'EST BIEN TERMINÉ.
ON A PU LIVRER LES PLANCHES À L'IMPRIMEUR CE SOIR.
Euh... Puisqu'on en parle...
TOUT LE MONDE ÉTAIT LIVIDE...
MAIS MOI, J'ÉTAIS CONFIANT.
JE SAVAIS QUE DU MOMENT QUE TU T'ÉTAIS ENGAGÉ...
TU ALLAIS TOUT METTRE EN ŒUVRE POUR TENIR TA PROMESSE.
DU COUP, JE N'ÉTAIS PAS INQUIET.

C'EST CE QUE J'AI TOUJOURS AIMÉ, CHEZ TOI.

BON BOULOT.
ÇA M'ÉLANCE...
DE PLUS EN PLUS...
LÀ OÙ IL M'A TOUCHÉ.

J'AIMERAIS...
QU'IL ARRÊTE
DE S'INSINUER EN
MOI PETIT À PETIT.

SPLASH
PLATCH
PLATCH
PLATCH
PLATCH
PLATCH
PFF...
ALLEZ, DU NERF !
À FORCE DE BOSSER DANS LE SHÔJO, LE CÔTÉ FLEUR BLEUE COMMENCE À DÉTEINDRE SUR MOI !
PFF...
FRSH
FRSH
FRSH
FRSH
GLOUPS
AH...
JE PEUX FAIRE QUELQUE CHOSE POUR V...
YOKO-ZAWA...
PARDON, JE NE VOUS AVAIS PAS VU.
TU NE MANQUES PAS DE CULOT POUR VENIR BOSSER AUX ÉDITIONS MARUKAWA !

...
C'EST-À-DIRE ?
TU SAVAIS PERTINEMMENT QUE MASAMUNE TRAVAILLAIT LÀ, N'EST-CE PAS ?
QUOI ?
DE QUOI PARLEZ-VOUS ?
...
TU SAIS, AU MOINS, QUE C'EST À CAUSE DE TOI S'IL A MAL TOURNÉ ?

À CAUSE DE MOI ?
HEIN ?
QUOI DONC ?
JE SUIS DÉSOLÉ…
MAIS QU'EST-CE QU'IL RACONTE ?
JE NE COMPRENDS PAS UN TRAÎTRE MOT…
…
NE T'EMBALLE PAS TROP.
??
EUH…
Tiens, t'es toujours là ?
Ouais, mais j'y vais !
YOKOZAWA…
APPELLE TAKANO…
PAR SON PRÉNOM.

VRRRR
TA TAM
TA TAM
TA TAM
PAS FÂCHÉ QUE CETTE JOURNÉE SOIT FINIE…
OUI, JE M'EXCUSE POUR TOUTES CES PÉRIPÉTIES.
VOILÀ LES ÉPREUVES COULEUR À VALIDER POUR LES SORTIES POCHE DU MOIS PROCHAIN.
TU SAIS FAIRE ?
OUI, JE CONNAIS.
JE ME DEMANDE …
DE QUOI YOKOZAWA EST AU COURANT.
JE NE SAIS MÊME PAS CE QU'IL Y A ENTRE EUX.
FSH
FSH
OUH LÀ, J'AI UN DE CES COUPS DE BARRE.
FSH
EN MÊME TEMPS…

CE N'EST PAS COMME SI JE POUVAIS LUI POSER LA QUESTION DIRECTEMENT.
ET DE TOUTE FAÇON, JE N'AI PAS L'INTENTION DE LUI DEMANDER.
ET PUIS, JE PENSAIS TE NOMMER RESPONSABLE DU MAGAZINE, DANS DEUX MOIS.
TA TAM
TA TAM
HÉ, TU M'ÉCOUTES ?
ONO...
POFO
ZZZ
ZZZ
ZZZ
ZZZ
TA TAM
TA TAM
ET MÊME SI J'OSAIS...
JE NE SUIS PAS SÛR...
D'AVOIR ENVIE D'ENTENDRE LA RÉPONSE.

...
...
J'AI BIEN DORMI...
FLOA
QUELLE HEURE IL EST ?
FRSH
FRSH
OÙ EST MA MONTRE ...

!!!
!!!
ARRÊTE DE HURLER, TU ME CASSES LES OREILLES !!
MAIS QU'EST-CE QU'ON FAIT DANS LE MÊME LIT ?! TU PEUX M'EXPLIQUER ?!
TU T'ES ENDORMI DANS LE MÉTRO, C'EST MOI QUI T'AI TRANSPORTÉ JUSQU'ICI !
JE T'AI PORTÉ SUR MON DOS ET TU T'ES MÊME PAS RÉVEILLÉ !
TU POURRAIS ME MONTRER UN PEU DE GRATITUDE !
T'es pas ce que j'appellerais un poids plume, en plus !
MINCE...
C'EST LE BLACK-OUT TOTAL...

GRATT GRATT
...
C'EST PAS VRAI...
T'AS VU L'HEURE QU'IL EST ?
EUH...
DIS-MOI !
JE PRÉFÈRE METTRE LES CHOSES AU CLAIR.
TU NE M'AS RIEN FAIT DE BIZARRE, HEIN ?
BIZARRE COMME QUOI, PAR EXEMPLE ?
BEN... JE VAIS PAS TE FAIRE UN DESSIN...
...
...
...
ET MÊME SI C'ÉTAIT LE CAS ?
QU'EST-CE QUE ÇA PEUT TE FAIRE, PUISQUE TU M'AIMES ?

BLUUUUSH
JE RENTRE CHEZ MOI ! MERCI DE M'AVOIR RACCOMPAGNÉ !
MAIS SI LA SITUATION SE REPRODUIT, TU SERAS GENTIL DE ME LAISSER OÙ JE SUIS !!
BAM
1202
DU CALME !!
ON N'A RIEN FAIT, J'EN SUIS SÛR !! PAS LA PEINE DE PANIQUER !!
J'EN AI MARRE DE CÉDER À SES PROVOCATIONS.
...
J'ai oublié mes clefs et mon sac...
CLAC
CLAC
CLAC
BAM

ÉCOUTE !
JE CROIS QUE TU TE FAIS DES IDÉES, ALORS METTONS LES POINTS SUR LES I !
NE T'ATTENDS PAS À CE QUE JE TE FASSE UNE ARDENTE DÉCLARATION !
JAMAIS JE NE TOMBERAI AMOUREUX DE TOI !!
...
BIEN SÛR QUE SI.
QU'EST-CE QU'IL PEUT M'ÉNERVER !!!!
CE N'EST PAS DE L'AMOUR, CE N'EST PAS DE L'AMOUR, CE N'EST PAS DE L'AMOUUUUUR ! PAS MOYEN !!
PLUS QUE 331 JOURS AVANT DE RETOMBER AMOUREUX.

LE JARGON DES ÉDITIONS MARUKAWA (3)

* N.B. : attention, ce vocabulaire est bien spécifique à Marukawa. Certains termes sont largement employés dans le monde de l'édition, d'autres non !

REMISE DES PLANCHES
Pour qu'un livre ou un magazine entre dans sa phase de fabrication, l'éditeur doit remettre une maquette à l'imprimeur. Autre cas de figure, quand l'éditeur doit remettre des articles au designer pour la mise en pages ou des illustrations pour la composition d'une couverture, par exemple. On appelle ça remise du design ou remise de la mise en pages.

REMISE DE LA DERNIÈRE CHANCE
Lorsque des planches sont rendues trop en retard par rapport à la date de bouclage, l'imprimeur est furieux et il faut convenir d'une nouvelle date de rendu. Passé ce délai, il sera impossible de sortir le livre ou la revue en temps et en heure, c'est pourquoi c'est vraiment "la dernière chance". Mais s'il se passe le moindre hic dans le processus de fabrication, les délais ne sont plus garantis.

BON À TIRER
Une fois les corrections finales apportées aux épreuves bleues et qu'il n'y a plus besoin de vérifications, l'éditeur peut envoyer à l'imprimeur la maquette définitive, le "bon à tirer". Il arrive qu'il subsiste quelques erreurs et coquilles mais qu'il n'y ait plus assez de temps pour imprimer une épreuve de correction. Une fois cette étape passée, la rédaction peut redevenir un havre de paix où il fait bon vivre.

LE JARGON DES ÉDITIONS MARUKAWA (4)

• N.B. : attention, ce vocabulaire est bien spécifique à Marukawa. Certains termes sont largement employés dans le monde de l'édition, d'autres non !

RESPONSABLE DU MAGAZINE
C'est la fonction qu'occupera bientôt Ritsu Onodera. Il devra gérer les prises de rendez-vous avec l'imprimeur pour la remise des bons à tirer. Plus particulièrement, c'est lui qui devra âprement négocier le jour du bouclage avec l'envoyé de l'imprimerie afin d'obtenir du délai.

ÉPREUVES DE CORRECTION
C'est une copie de relecture destinée à vérifier la composition des pages. Elle doit être en tout point semblable à la version finale de l'ouvrage au niveau du contenu, de la compo et de la finition.

ASSISTANTS DU MANGAKA
Ce sont des dessinateurs, souvent débutants, qui aident le mangaka à finaliser ses planches. Ils peuvent s'occuper des décors, de coller les trames, de tracer les lignes d'effet, de gommer les traces de crayon, d'encrer les zones de noir, ainsi que de toutes sortes de fignolages. Mais l'auteur peut aussi leur demander de préparer les repas, aller faire les courses, bref, tout ce qui peut lui faire gagner du temps. Certains mangakas ont des assistants fixes, d'autres font appel à des assistants libres.

Sekaiichi hatsukoi
Le cas de Ritsu Onodera

DES FOIS, JE ME DEMANDE …
SI JE VAIS BIEN, DANS MA TÊTE…
APRÈS TOUT, IL NE M'A FALLU QU'UNE PETITE CHOSE DE RIEN DU TOUT…
TIENS !
POUR ME RENDRE COMPLÈTEMENT FOU DE LUI.
Le cas de Ritsu Onodera
Sekaiichi hatsukoi
N°2.5

"LE COUP DE FOUDRE."
JE N'Y AVAIS JAMAIS CRU, POURTANT.
BO BOM BO BOM ドキドキ
JE NE L'AI VU QU'UNE SEULE FOIS, JE NE CONNAIS RIEN DE LUI...
EN PLUS, ON EST TOUS LES DEUX DES GARÇONS...
BO BOM ドキ
ON NE S'EST JAMAIS ADRESSÉ LA PAROLE...
ET J'IGNORE JUSQU'À SON NOM...
JE SUIS VRAIMENT BIZARRE...
MAIS BON, ÇA VA PASSER... C'EST JUSTE UN INSTANT D'ÉGAREMENT...
BO BOM ドキ
C'EST CE DONT J'AI ESSAYÉ DE ME PERSUADER PENDANT TROIS ANS.

JUSQU'À CE JOUR OÙ NOS CHEMINS SE SONT CROISÉS DE NOUVEAU.
AH...
SAGA...
CHACUN POSSÈDE UN RÉSERVOIR PLUS OU MOINS GRAND POUR CONTENIR SON AMOUR INAVOUÉ.
AMOUR LIQUIDE
200
150
100
50
COMMENT TU CONNAIS MON NOM ?
SELON SI LA RAISON PREND LE DESSUS OU SI ON A CONFIANCE EN SOI, ON POURRA OU NON AVOUER SES SENTIMENTS.
UNE FOIS QUE LE RÉSERVOIR EST PLEIN, HOP ! DÉCLARATION !
AMOUR LIQUIDE
200
150
100
50

QUAND J'AI ENTENDU LE SON DE SA VOIX, ÇA M'A PRIS DE COURT.
AMOUR LIQUIDE
J'AI SUR-SAUTÉ.
J'AI PANIQUÉ.
だばだば BLOP
だばだば BLOP
だばだば BLOP
ET CET AMOUR QUE J'AVAIS CONTENU PENDANT TOUTES CES ANNÉES S'EST MIS À DÉBORDER.
IL Y EN AVAIT BEAUCOUP TROP POUR MON PETIT RÉSERVOIR.
ET J'AI PERDU LA TÊTE.
JE T'AIME...
SAGA...

ARGH !
...
EUH...
EN FAIT...
TU ACCEPTERAIS QU'ON SORTE ENSEMBLE ?
HEIN ?!
MAIS NON !
CE N'EST PAS CE QUE JE VOULAIS DIRE !
OUBLIE...
ぶんぶんぶん
VSHH VSHH VSHH
OK.
JE VEUX BIEN SORTIR AVEC TOI.

ぎっく BRR しゃく BRR
J'AI L'IMPRESSION DE RÊVER.
JE MARCHE AVEC LUI, DANS LA RUE.
EN PLUS, JE… JE VAIS CHEZ LUI, EN CE MOMENT MÊME…
OH LÀ LÀ, JE STRESSE À MORT.
DÉTENDS-TOI UN PEU.
HEIN ?!
Ça se voit tant que ça ?!
JE VIS TOUT SEUL, Y A PERSONNE À LA MAISON.
AH BON ? TES PARENTS SONT PARTIS EN VOYAGE ?

ON PEUT DIRE ÇA.
J'AURAIS PAS DÛ POSER LA QUESTION.
CLAC
SALUT.
MIAW
OH !
CE CHAT...
TU PEUX MONTER DANS MA CHAMBRE, JE VAIS CHERCHER À BOIRE.
TOUT DE SUITE À DROITE EN HAUT DE L'ESCALIER.
OK.

CLAC
BO BOM
SA CHAMBRE...
WAOUH, IL A DES TONNES DE LIVRES...
ET LÀ...
C'EST SON LIT...
BO BOM
...
LA VACHE...
BO BOM
JE SENS L'ENVIE MONTER...
BO BOM

ÇA VA PAS, NON ?!
JE VAIS PAS FAIRE ÇA...
DANS SA CHAMBRE...
...
MAIS C'EST L'OCCASION OU JAMAIS...
JE VAIS EN PROFITER TANT QU'IL N'EST PAS ENCORE ARRIVÉ...
NON !
D'UN AUTRE CÔTÉ, PERSONNE NE ME VERRA...
MAIS ...
...
PLOF
GRIP
TAP
BO BOM
J'AI PAS PU M'EN EMPÊCHER ...
ÇA FAISAIT TROIS ANS QUE J'EN RÊVAIS !!
JE PEUX MOURIR, MAINTENANT...
CLAC

ME RE-VOILÀ.
UN THÉ GLACÉ, ÇA TE VA ?
OUI, MERCI !
ON SE MATE UN DVD ?
SI TU VEUX...
PLAF
BIP
TIENS ?
ON EST SUPER PRÈS L'UN DE L'AUTRE...
DÉSOLÉ POUR LE BAZAR DANS MA CHAMBRE.
MAIS PAS DU TOUT !
J'ADORE LES PIÈCES PLEINES DE LIVRES !
DIS...
OUI ?
JE VOULAIS TE DEMANDER...

COMMENT PEUX-TU DIRE QUE TU M'AIMES ?
AH...
EUH...
TU NE ME CONNAIS PAS, APRÈS TOUT.
CE N'EST PAS TOUT À FAIT VRAI... JE SAIS CERTAINES CHOSES...
COMME LE CHAT DE TOUT À L'HEURE, PAR EXEMPLE...
MON CHAT ?
OUI...
EN FAIT...
J'AI TOUT VU, CE JOUR-LÀ...
LE PAUVRE PETIT CHATON ÉTAIT ABANDONNÉ, SOUS LA PLUIE, ET LES GENS PASSAIENT SANS MÊME LUI JETER UN REGARD.

À PART TOI...
HEIN ?!
COMMENT ÇA SE FAIT QUE TU AIES VU ÇA, TOI ?!
ARGH...
DE QUOI J'AI L'AIR ? ON SE CROIRAIT DANS UN SHÔJO...
AH, EXCUSE-MOI...
JE NE LIS PAS DE MANGAS, JE NE VOIS PAS À QUOI TU FAIS RÉFÉRENCE...
DÉ...
DÉSOLÉ !
AH BON...
Tant mieux...
EN FAIT, TU ME SUIVAIS PARTOUT, C'EST ÇA ?
EN QUELQUE SORTE...
JE SAIS QUE JE SUIS IDIOT, MAIS...

JE NE PEUX PAS M'EMPÊCHER ...
DE T'AIMER ...

VAF
POURQUOI TU ME REPOUSSES ?
T'EN AS BIEN ENVIE, NON ?
NON...
EUH...
ENFIN...
ALORS POURQUOI TU T'ES ROULÉ SUR MON LIT, TOUT À L'HEURE ?
IL M'A GRILLÉ ?!
EUH...
JE...
BLUUSH
PAR-DON...
T'AS PAS À T'EXCUSER POUR ÇA.

J'AI BIEN COMPRIS…
À QUEL POINT TU M'AIMAIS.
BO BOM
TIC プチプチ TIC
BO BOM
BO BOM
AH…
SAGA…
BO BOM
FSHH
…
BO BOM
LAISSE-MOI TE TOUCHER.
AH…
BO BOM
BO BOM
BO BOM

...
?
QUE...
QUOI ?
TU GARDES LES LÈVRES SERRÉES.
OUVRE LA BOUCHE !
QUE JE PUISSE Y METTRE MA LANGUE.
BLUUUSH
TA...
TA LANGUE ?
MAIS ...
BO BOM
SMOTCH
SMOTCH
...
SMOTCH
BO BOM
SMOTCH
SMOTCH
AH...
SMOTCH
SMOTCH
BO BOM
BO BOM

AU SECOURS …
J'AI CHAUD… JE SUIS PARALYSÉ, JE N'AI PLUS AUCUNE FORCE …
MON CŒUR BAT TEL-LEMENT FORT…
BO BOM
J'AI HONTE …
BO BOM
JE NE SAIS PLUS OÙ JE SUIS.
BO BOM
HMF …
SMOTCH
SMOTCH
SMOTCH
AH !
ATT…
FLOC
FLOC FLOC
NON !
SAGA …
LAISSE-TOI FAIRE …

CARESSE-MOI, TOI AUSSI.
AU SECOURS...
HAA...
HAA...
FLOC
ON N'ENTEND PLUS RIEN DANS LA PIÈCE...
FLOC
HAA...
FLOC
À PART NOS DEUX RESPIRATIONS.
HAA...
QU'EST-CE QUE JE SUIS EN TRAIN DE FAIRE ?!
HAA...
HAA...
GNN
HAA...
...
HAA...

J'AI ENVIE DE TOI...
...
D'AC...
D'ACCORD ...
GRIP

AH...
AH...
GNISH
GNISH
AH...
GNISH
GNISH
AH...
GH...
AAH...
GNISH
HAN !
GNISH
TIC TIC
FLOC
AH !
FLOC
GNISH

GNISH
AH...
HAA...
PARDON...
JE TE FAIS MAL ?
HAA...
HAA...
AH...
HAA...
GNISH
HAA...
GNISH
...
HAA...
NON...
HAA...
C'EST BON...
HAA...
PARCE QUE C'EST TOI...
GNISH
HAA...
...
SHLOP
WAAH !
RITSU...

AH !
ÇA ALORS...
C'EST...
LA PREMIÈRE FOIS...
QU'ON M'APPELLE PAR MON PRÉNOM...

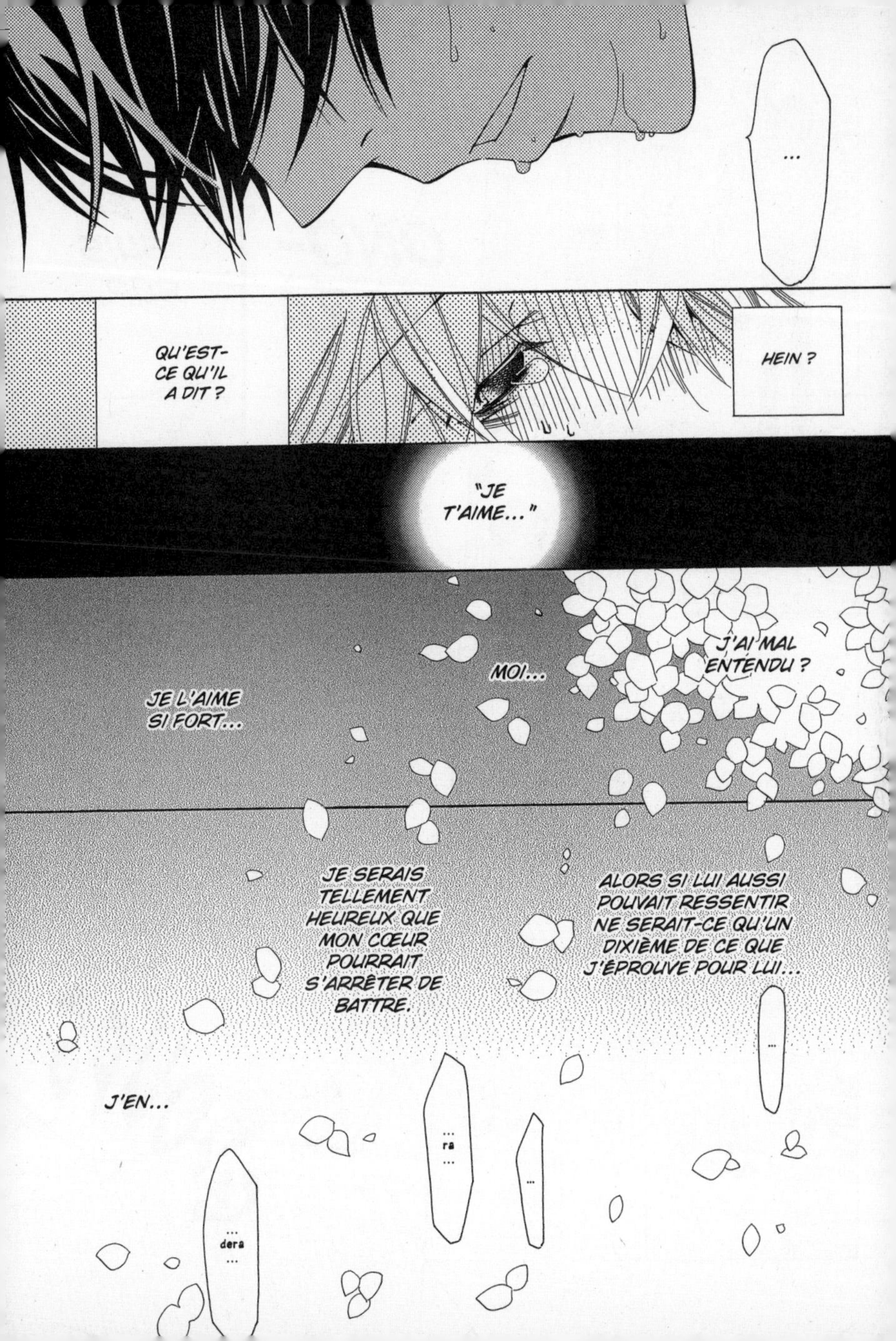
...
HEIN ?
QU'EST-CE QU'IL A DIT ?
"JE T'AIME..."
J'AI MAL ENTENDU ?
MOI...
JE L'AIME SI FORT...
ALORS SI LUI AUSSI POUVAIT RESSENTIR NE SERAIT-CE QU'UN DIXIÈME DE CE QUE J'ÉPROUVE POUR LUI...
JE SERAIS TELLEMENT HEUREUX QUE MON CŒUR POURRAIT S'ARRÊTER DE BATTRE.
...
...
... ra ...
J'EN...
... dera ...

J'EN SUIS SÛR...
ONO-DERA !!!
GLOUPS
...
...
UN RÊVE ?
FIOUH, RETOUR À LA RÉALITÉ ...
OUH...
TIENS ? QU'EST-CE QUE JE...

FLAP
DÉ…
DÉSOLÉ ! JE ME SUIS EN-DORMI EN PLEIN PENDANT LA BATAILLE !!
OH, ÇA ARRIVE À TOUT LE MONDE DE S'ÉVANOUIR …
ILS SONT TELLEMENT SURBOOKÉS QU'ILS N'ONT MÊME PLUS LE TEMPS DE FAIRE ATTENTION À CE QUI ARRIVE AUX AUTRES.
JE ME SENS LOURD ET J'AI LES OS QUI CRAQUENT DE PARTOUT.
Je suis encore plus fatigué qu'avant ma sieste improvisée…
ET CE RÊVE… 'MANQUAIT PLUS QUE ÇA…
JE NE T'AI PAS DONNÉ L'AUTORISATION DE MOURIR, IL ME SEMBLE.
…
?
QU'EST-CE QU'IL Y A ?
UN PROBLÈME ?

PAS DU TOUT !!
VOILÀ LES BLEUS À RELIRE.
PLAF
PLAF
PLAF
TANT QUE ÇA ?!
AH BAH FORCÉMENT, PLUS TU DORS, PLUS ÇA S'ENTASSE.
Et un de plus pour la route.
TU AVAIS UN SOURIRE BÉAT.
TU DEVAIS FAIRE UN RÊVE AGRÉABLE.
C'EST DE TOI QUE JE RÊVAIS !!

TOUT LE CONTRAIRE !!
JE FAISAIS UN HORRIBLE CAUCHEMAR !!
FRSH
FRSH
AH BON...
ASSEZ BAVARDÉ. METS-TOI AU TRAVAIL.
LE NOUVEAU !
GRRR
POURQUOI J'AI RÊVÉ DE TAKANO, MOI ?!
GRR ...
GRR ...
UUURGH ...
WAAAAAAH !
MODE PÉTAGE DE PLOMBS
Tu commences à t'adapter, Riri...
C'est bien !
AINSI PASSAIT ...
LA TROISIÈME NUIT BLANCHE DANS LE CLUB DES JEUNES FILLES DES ÉDITIONS MARUKAWA...
AAAH !
Allons, allons ...
Sekaiichi Hatsukoi-1 * Fin

Bonjour et
ravie de faire
votre connaissance !
Je m'appelle Shungiku
Nakamura.
Merci d'avoir acheté
le tome 1 de *Sekaiichi Hatsukoi ~
Le cas de Ritsu Onodera* ~ !!

Quand j'y pense, ça faisait
un moment que je n'avais pas
sorti de nouvelle série (waah !),
J'en suis tout émue.
N'hésitez pas à me faire
part de vos avis et critiques,
ça me fait toujours plaisir
d'avoir votre opinion sur
mon travail.

Vous pouvez aussi jeter
un œil à la version roman :
*Sekaiichi Hatsukoi ~
Le cas de Chiaki Yoshino ~*
(aux éditions Ruby)*.

Et comme l'un et l'autre sont
publiés dans le magazine *The Ruby*,
vous savez ce qu'il vous reste
à faire !

Et vous pouvez également
retrouver les éditions Marukawa
dans ma précédente série,
Junjo Romantica !!

* DISPONIBLE UNIQUEMENT AU JAPON, NDT.

Flash spécial : ma pile de mangas à lire vient de s'effondrer.
Je vous dis à bientôt !

Shungiku Nakamura ★ 2008

Le cas de Ritsu Onodera

Sekaiichi hatsukoi

JUNJO ROMANTICA

TOME 15
DISPONIBLE

SÉRIE EN COURS !

Crimson Spell
Ayano Yamane
CRIMSON SPELL
TOME 5
DISPONIBLE
SÉRIE EN COURS !

SEKAIICHI HATSUKOI
~ ONODERA RITSU NO BAAI ~
Volume 1

Edited by KADOKAWA SHOTEN
First published in Japan in 2008
by KADOKAWA CORPORATION, Tokyo.
French translation rights
arranged with KADOKAWA CORPORATION, Tokyo,
through TOHAN CORPORATION, Tokyo.

Édition française
ASUKA
45, rue de Tocqueville 75017 Paris
www.kaze-manga.fr

DIRECTEUR ÉDITORIAL
Mehdi Benrabah
TRADUIT DU JAPONAIS PAR
Fédoua Lamodière

LETTRAGE & MAQUETTE
Hinoko
SUPERVISION ÉDITORIALE
Saloua Okbani

DIRECTION ARTISTIQUE
Sébastien Rost
DESIGN
Clémence Perrot
RESPONSABLE DE FABRICATION
Julie Baudry

Achevé d'imprimer en CE en septembre 2014
Dépôt légal : octobre 2014